AF200748

FERGE

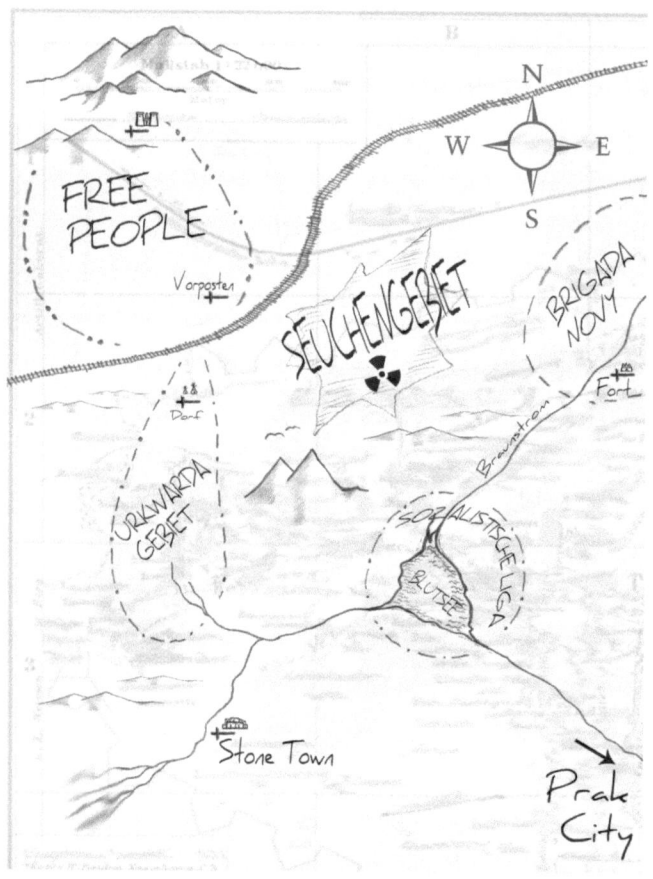

Gebräuchliche Wörter der neuen Welt:

Amigosch – *Kumpel*

Baichi – *Idiot*

Kurva – *Nutte*

Merde! – *Mist!*

Nja – *na ja, so weit, so gut*

Nachhall – *Glück*

Sige – *Alles klar, natürlich!*

Tata – *Papa*

Philipp Schmidt

Angst und Schrecken

in Prak City

Die Ödland-Saga 2

Die Häuser in Prak City:

Taboriten, Spitzname: *Die Blassen*

    Ransaël – Oberhaupt

    Krishana – seine Gattin

    Jaromir – Stadtrat

    Irka – Stadträtin

    Mister Hansho – Auftragsmörder

Nepomuk, Spitzname: *Kröten*
    Karel Kovar – Oberhaupt
    Ilja – Stadtrat
    General Horak – Stadtrat
    Der Blinde Nathan – Kabbalist
    Malechin – Meister der Schwarzen Loge

Fanta, Spitzname: *Lokos*
    Viktor – Oberhaupt
    Marek – Viktors Bruder, Stadtrat
    Alba – Stadträtin
    Zappa – katharischer Mushanti

Tanach, Spitzname: *Wucherer*
    Ismael – Oberhaupt
    Yasar – kabbalistischer Mushanti

Wulda, Spitzname: *Ölfinger*
    Taipan Pavel – Oberhaupt
    Vojtech – Sohn von Pavel, Stadtrat
    Matej – Sohn von Pavel, Stadtrat
    Nutch – ein Skaldae

Skalka, Spitzname: *Ratten*
    Václav Loizel – *der Rattenkönig*, Oberhaupt
    Nintendo Superdrive – ein Handlanger

Bibliografische Information der Deutschen Nationalbibliothek: Die Deutsche Nationalbibliothek verzeichnet
diese Publikation in der Deutschen Nationalbibliografie;
detaillierte bibliografische Daten sind im Internet über
dnb.dnb.de abrufbar.

© 2017 Philipp Schmidt
1. Auflage
Cover & Umschlaggestaltung: Simon Fleck
Karte 1: Lukas Mathiaschek
Karte 2: Philipp Schmidt
Lektorat: Michael Raffel
Logo: Richard Hanuschek

Herstellung und Verlag:
BoD – Books on Demand, Norderstedt
ISBN: 978-3-744816922

1. Kapitel

Bohdan schlug die Augen auf. Die Kälte musste ihn geweckt haben. Er gähnte und streckte seinen schmerzenden Rücken. Noch schlaftrunken blickte er sich im nebligen Zwielicht um. Danija, die darauf bestanden hatte, unter freiem Himmel in der Burgruine zu schlafen, lag nicht neben ihm. Wahrscheinlich hatte die Kälte sie doch in den Wagen getrieben.

Bohdan stand auf und lehnte sich an den kühlen Stein einer Zinne. Durch den Dunst sah er weit in der Ferne rote Schlieren im Nebel. Nicht mehr lange, und die Sonne würde aufgehen. Sein Herz machte einen Sprung, als die ersten Dächer auftauchten. Sie hatten es tatsächlich geschafft, sie hatten Prak City erreicht! Lange stand er da, während die Sonne aus ihrem Schlaf erwachte und Stück für Stück die für Bohdans Begriffe gigantische Stadt enthüllte. Sie schmiegte sich in die Biegung eines breiten Flusses und war in jeder Hinsicht das Beeindruckendste, das Bohdan je gesehen hatte. Teilweise riesige Gebäude ragten aus unzähligen Straßen heraus. Im südlichen Teil stieg Rauch aus hohen Schornsteinen auf und vermischte sich mit dem allmählich lichter werdenden Nebel. Bohdan stand da und kam aus dem Staunen nicht heraus. Wie konnten so viele Menschen an einem

Fleck zusammenleben? Zum ersten Mal war er stolz, ein Mensch zu sein. Sein Magen knurrte, und endlich gelang es ihm, den Blick von der großen Stadt abzuwenden.

Er stieg steinerne Stufen hinab, schlüpfte durch ein Mauerloch und erreichte den Platz, wo sie am Vorabend den Dodge geparkt hatten. Aber der Dodge war nicht da.

»Danija!«, rief er, und seine Stimme hallte von den zerfallenen Mauern wider. Nichts regte sich. Er rief noch einmal, lauter diesmal: »Danija!«

Nichts. Nur das Echo seiner Stimme, in der ein erster Anflug von unguter Vorahnung mitklang.

Er streifte durch die Ruine, spähte in Winkel, kletterte auf einen zur Hälfte eingestürzten Turm. Nichts. Kein Zeichen von ihr. Mühsam kämpfte er die aufsteigende Panik nieder und schaltete seinen Verstand ein.

Er kehrte dorthin zurück, wo sie ohne jeden Zweifel den Wagen abgestellt hatten. Auf Knien untersuchte er den Sand im heller werdenden Licht. Als er die Reifenspuren erkannte, packte ihn die Angst und sogleich darauf eine heiß aufkochende Wut. Er rannte einige Schritte – tatsächlich! Die Reifenspuren führten weg von der Ruine hinunter zu Prak City. Mit zitternden Fingern griff er in die Tasche, in der er den Ring aufbewahrte. Jenen Ring, den ihm der Wanderer mit seinen letzten Atemzügen vermacht hatte. Die Tasche war leer. Die Erkenntnis traf ihn wie ein Schlag ins Gesicht. Danija hatte ihn verraten. Sie hatte ihn bestohlen und zurückgelassen. Der Versuch, sich am Strohhalm der Wut festzuklammern, misslang. Enttäuschung und Angst überwältigten ihn und Tränen stiegen ihm in die Augen. »Kurva!«, schrie er seinen Frust hinaus, aber selbst die Mauern ließen ihn im Stich und warfen seine Stimme nicht zurück. Er war allein, einsam, verlassen und betrogen.

»Geh los«, befahl er sich selbst, »geh endlich! Du bist kein kleiner Junge mehr!« Und seine Beine gehorchten, wenn auch widerwillig.

Hatte der Anblick der riesigen Stadt bei Sonnenaufgang seine Brust zum Anschwellen gebracht, so drückte er sie nun zusammen. Bohdan fühlte sich klein, und Prak City erschien ihm immer bedrohlicher. Er war geradezu erleichtert, als sie hinter einem kolossalen Gebäude vor ihm verschwand. Das Gebäude, dessen Fassade grau und verwittert war, krönte ein Kuppeldach, aus dem ein dünner, spitzer Turm herausragte. Daneben wuchs ein schmaler Turm in den tristen Himmel. Bohdan vermutete, dass das Gebäude einmal den Zweck eines Tempels erfüllt haben musste, jetzt wirkte es verlassen. Weshalb gab man ein derart prunkvolles Gebäude auf? Er schauderte und machte einen weiten Bogen darum. Unter seinen Schuhsohlen wurde der Boden hart, und bald löste Stein den Sand ab. Er ging auf einer Straße, gesäumt von Häusern, die teilweise zerfallen und eingestürzt waren. Aber auch die von außen scheinbar unversehrten Gebäude waren eindeutig unbewohnt. Eine Geisterstadt. Ob wohl ganz Prak City verlassen war? Kurz fühlte sich Bohdan, als wäre er der letzte Mensch in den Ödlanden. Der Gedanke war jedoch albern und kindisch. Er erinnerte sich an die qualmenden Schornsteine und einige Lichter, die er von der Burgruine aus gesehen hatte. Selbstverständlich war Prak City bewohnt, allerdings offenbar nur auf der anderen Seite des Flusses.

Die Sonne war ein gutes Stück weiter aufgestiegen. Ihre Strahlen drangen durch den schwachen Rest des Nebels und zeichneten lange Schatten auf die mit Kopfsteinen gepflasterte Straße, auf der Bohdan ging. Wie konnte Danija nur so gemein sein? Er hatte geglaubt, sie würden zumindest zusammenhalten, wenn nicht gar … Er war ein solcher Baichi!

Durch seinen Ärger und seine Selbstvorwürfe dauerte es eine Weile, bis er auf ein scharrendes Geräusch an seiner Flanke aufmerksam wurde. Erst wollte er stehenbleiben und nachsehen, was sich dort in den Schatten hinter den Säulen eines langgestreckten Gebäudes verbarg, aber er entschied sich, zügigen Schrittes weiterzugehen. Und das erwies sich als Glück. Das Scharren vervielfältigte sich, unheimliches Knurren mischte sich dazu. Jetzt waren die tierischen Laute auch von der anderen Straßenseite zu hören.

Vielleicht Wölfe, schoss es Bohdan fröstelnd durch den Kopf, und er beschleunigte nochmals seinen Schritt. Kein Zweifel, was auch immer sich in den Schatten der Häuserruinen um ihn herum zusammenrottete – es machte Jagd auf ihn, wollte ihn einkesseln. Nun rannte er. Spürte hechelnden Atem in seinem Nacken. Zwei Türme ragten vor ihm auf, die durch einen Torbogen miteinander verbunden waren. Das Tor bildete den Eingang zu der Brücke, die er am Morgen gesehen hatte und die über den breiten Fluss führte. Bohdan hetzte direkt darauf zu, als plötzlich ein Schuss die Luft zerriss. Ein Jaulen hinter ihm. Er drehte sich nicht um, sondern fiel in einen leichten Trab und ging schließlich schwer schnaufend in normalem Gang die letzten Meter auf den großen Torbogen zu, unter dem sich eine kleine Menschentraube versammelt hatte.

Bohdan widerstand weiter dem Impuls, sich umzudrehen. Er wusste auch so, dass die Gefahr gebannt war, und er wollte seinen Auftritt in Prak City nicht als Feigling beginnen. Vier Männer mit schwarzen Helmen und heruntergelassenen Visieren versperrten breitbeinig den Weg. In den Händen hielten sie kurze, gefährlich wirkende Gewehre. Ein fünfter Mann in schwarzem Kampfanzug stellte einer Frau, die mit einem prall gefüllten Rucksack beladen war, Fragen, schließlich winkte er sie durch. Bohdan beobachtete, wie einer der Wächter seinen Posten verließ und die

Frau in den rechten Turm geleitete. Zwei weitere Frauen, ein Kleinkind und ein älterer Mann standen in einer Reihe und warteten darauf, vorgelassen zu werden.

Jetzt hatte Bohdan sie erreicht und reihte sich hinter dem Mann in die Schlange ein. »Hey«, grüßte Bohdan. Der Mann musterte ihn skeptisch und wandte ohne eine Erwiderung den Kopf wieder nach vorn.

Bohdan zog Rotz hoch und wartete. Er musste lange warten, aber endlich waren alle vor ihm abgefertigt, und er kam an die Reihe.

»Name, Ausweis, Brückensteuer«, klang es metallisch und barsch hinter dem undurchsichtigen Visier hervor.

»Bohdan Novotny«, sagte Bohdan, um nach kurzem Zögern hinzuzufügen: »Einen Ausweis habe ich nicht.«

»Zum ersten Mal in Prak, eh?«, gab der Mann, dessen Stimme keine Emotion anzuhören war, zurück.

Bohdan überlegte, ob er lügen sollte, aber ihm fiel nichts ein. Er wusste auch zu wenig über die hiesigen Sitten, deshalb sagte er schlicht: »Ja.«

»Der Ausweis kostet fünf Quins extra«, klärte ihn die kalte Stimme auf. »Mit der aktuellen Steuer, plus dem Preis für die medizinische Erstuntersuchung macht es dann zwanzig Quins.« Der Mann streckte Bohdan eine behandschuhte Hand entgegen, während die andere die Waffe hielt.

Bohdan räusperte sich. »Ich … ähm … so viel Geld habe ich nicht.«

»Dann mach, dass du wegkommst«, wies ihn der Mann gleichgültig ab.

Bohdan blickte über die Schulter. Hinter ihm war niemand, und die anderen Wächter standen stramm einige Meter von ihnen weg. Er beugte sich leicht nach vorn und sagte leise: »Es ist so, ich wurde bestohlen … Ist letzte Nacht vielleicht eine junge Frau mit einem blauen Wagen hier aufgetaucht?«

Der Mann im Kampfanzug zog seine Hand wieder zurück, und der Lauf seiner Waffe hob sich ein wenig, sodass er nun direkt auf Bohdans Brust deutete. »Darüber darf ich keine Auskunft geben«, erklärte er. »Wenn du keine zwanzig Quins hast, musst du jetzt gehen.«

Bohdan holte Luft, doch der Wächter kam einem weiteren Versuch mit ungerührter Härte zuvor: »Jetzt sofort.«

Keine Chance. Er hatte es versucht, und er hatte versagt. Er konnte dem Wächter keinen einzigen Quin bieten, er hatte rein gar nichts außer dem, was er am Leibe trug. Langsam drehte er sich um und ging in die Richtung, aus der er gekommen war. Beinahe hätte er zugelassen, dass die Verzweiflung ihn übermannte – sollten ihn doch diese Wölfe fressen! Eine Vorstellung allerdings rettete ihn. Es war keine schöne Vorstellung, aber sie verlieh ihm eine trotzige Kraft.

Er sah das Bild in Farben und Details vor sich: Danija, die sich mit dem Wagen den Eintritt in die Stadt erkaufte. Dem Wagen, den der Wanderer *ihm* hinterlassen hatte! Er sah ihr Lächeln, das nun diabolisch wirkte; sah, wie sie freundlich durchgewinkt wurde und auf der Brücke verschwand. Oh, wie er dieses eingebildete Miststück in diesem Moment hasste. Er würde überleben – und sei es nur, um den heimtückischen Verrat eines Tages mit gleicher Münze zurückzuzahlen. Abrupt blieb er stehen und wandte sich nach rechts. Hinter einem runden freien, Platz lag ein Gewirr aus engen Gassen. Wenn er sich in Flussnähe hielt, würde er vielleicht einen Weg finden, das Gewässer an einer anderen Stelle zu überqueren. Er presste die Zähne zusammen und stiefelte los.

Bohdan ging und ging, und ihm wurde klar, dass die unbewohnten Außenbezirke wesentlich größer waren, als es von der Burgruine aus den Anschein erweckt hatte. Zweimal, als er sich vom Fluss weg bewegte, um eine vermeintliche Abkürzung zu nehmen, verirrte er sich und musste schließlich feststellen, dass er im Kreis gelaufen war. Er wusste nicht, woran es lag, aber der Fluss stieß ihn ab; nicht die Stadt dahinter, die er erreichen wollte, es war der Fluss. Er schob es darauf, noch nie solche Wassermassen an einem Fleck gesehen zu haben, und überwand sich dazu, in Ufernähe zu bleiben.

Zwischen Büschen und Schilf ragte ein Steg einige Meter in die braungrünen Fluten. Ein guter Platz, um ein paar Schlucke zu trinken und die andere Uferseite genauer in Augenschein zu nehmen. Bohdan schlug sich durch die Büsche und betrat die von Rissen durchzogenen Platten. Vorsichtig prüfte er, ob der Beton sein Gewicht tragen würde, dann ging er bis zum Ende des Stegs und kniete sich hin. Er schöpfte Wasser mit den Händen und trank langsam. Das Wasser schmeckte modrig und irgendwie nach Seife, aber er musste trinken. Als er den größten Durst gestillt hatte, schaute er zum gegenüberliegenden Ufer. Dort folgte eine niedrige Mauer dem Lauf des Flusses, auf der Mauer allerdings war ein hoher Zaun angebracht. Selbst wenn er sich überwände zu schwimmen, würde es ihm nicht gelingen, unbemerkt über den Zaun zu klettern, der bestimmt bewacht wurde. Die stattlichen Gebäude dahinter, zwischen denen Türme in verschiedenen Formen herausragten, schienen ihn zu verspotten. Fast glaubte er, sie flüstern zu hören: *Du bist uns so nah, aber du wirst uns niemals erreichen.* Wie um alles in der Welt sollte er in diese Stadt hineinkommen, die wie eine Festung gesichert war? Vielleicht über eine Engstelle des Flusses, vielleicht nachts, wenn es dunkel war ...

Ein Knurren riss ihn aus seinen Gedanken. Es war nah und stammte fraglos von den Wölfen, die schon früher am Tag hinter ihm her gewesen waren. Rasch stand er auf. Ein zweites Knurren, ein drittes. Die Büsche am Rand des Stegs bewegten sich. Die Erkenntnis traf ihn hart: Er hatte sich in eine Sackgasse manövriert. Die Kreaturen waren ihm schleichend gefolgt, und nun saß er in der Falle. Jetzt wagte sich eines der Wesen aus der Deckung und trat mit tastenden Pfoten auf den Steg. Es war kein Wolf. Das Tier ähnelte eher einer getigerten Katze, war allerdings viel größer und hatte zwei Schwänze. Es hielt den Kopf gesenkt und bleckte zwei Reihen spitzer Zähne. Anmutig und tödlich näherte es sich seiner Beute.

Bohdans Gedanken rasten. Er hatte keine Waffe bei sich, und weit und breit war niemand, der ihm zu Hilfe kommen würde. Er war auf sich allein gestellt, und es gab nur eines, was er gegen dieses Biest mit den funkelnden Augen unternehmen konnte. Bohdan zwang sich dazu, seine Aufmerksamkeit nach innen zu richten. Er konzentrierte sich, bereitete den Spruch vor, und zugleich wappnete er sich gegen den Tribut. Seine Lippen formten die fremden Laute, welche die Baronesse ihm beigebracht hatte. Das katzenartige Tier lauerte keine drei Meter vor ihm. Sein Hinterleib senkte sich, es setzte zum Sprung an, und ein zweites Biest betrat hinter ihm den Steg.

Die letzte Silbe war gesprochen, Bohdan riss den Arm vor, deutete mit dem Finger auf die Kreatur und ließ die Kraft frei. Die mentale Faust traf das Tier und schleuderte es zu Boden. Es winselte noch, dann sank sein Kopf auf den Beton. Bohdan atmete tief aus, ließ die restliche Energie, die sich in ihm gesammelt hatte, entweichen.

Das zweite Tier war zurückgeschreckt, aber ein drittes sprang nun aus dem Gebüsch auf den Steg. Ihre Muskeln zeichneten sich unter ihrem Fell ab, während sie sich Seite an Seite näherten. Der Hunger trieb sie, und wenn sie ihn zu zweit attackierten, hatte Bohdan keine Chance. Es blieb bloß ein Ausweg, und er hoffte, dass diese Biester nicht schwimmen konnten. Knurrend kamen sie näher, zum Sprung bereit, aber Bohdan kam ihnen zuvor. Kurz entschlossen stürzte er sich Kopf voran in den Fluss.

Das Wasser schlug über ihm zusammen, und für einen Augenblick bestand die Welt nur noch aus einem trüben Grün. Er tauchte einige Meter und kam dann nach oben. Nach Luft japsend blickte er zurück. Die Katzenviecher sahen ihm mit gebleckten Zähnen nach. Eines streckte seine Pfote aus, zog sie jedoch zurück, als sie das Wasser berührte.

Rasch entfernte sich der Steg. Die Strömung war viel stärker, als Bohdan vermutet hatte. Sie riss ihn mit sich, und er musste all seine physische Kraft einsetzen, um nicht in die Mitte des Flusses abgetrieben zu werden. Seine Schwimmkünste, die er seinem Vater zu verdanken hatte, begrenzten sich auf ein Minimum, doch es gelang ihm, sich über Wasser zu halten. *Ganz langsam*, hörte er die belehrende Stimme seines

Vaters, *nicht in Panik geraten, ein Zug nach dem anderen.* Er verbot sich den Gedanken, dass es etwas völlig anderes war, in einem kleinen Bassin zu schwimmen, wo am Rand der jederzeit hilfsbereite Vater stand, als in einem reißenden Fluss. Er wurde abgetrieben, doch mit einem kräftigen Zug nach dem anderen näherte er sich wieder dem Ufer. Endlich hatte er es erreicht. Er zog sich keuchend an aufgetürmten Steinen hoch, verharrte einen Moment, um dann kletternd an einem Geländer Halt zu finden. Triefend duckte er sich unter der obersten Stange hindurch und fand sich auf einem leicht erhöhten Gehweg wieder. Der mit kleinen Mosaiken gepflasterte Gehsteig war nicht leer, eine Gestalt saß, in eine braune Decke gehüllt, im Schneidersitz da und sah ihn mit interessiertem Blick an. Bohdan war zu müde, um sich an diesem Tag noch einmal zu erschrecken. Er setzte sich unweit des Mannes, von dem er aufgrund der Decke nur ein Teil des Gesichts erkennen konnte, auf den sonnenbeschienen Boden und schlang die Arme um seinen bibbernden Körper.

Es war eine äußerst seltsame Begegnung. Beide schwiegen und musterten sich. Bohdan fand sein Gegenüber schwer einzuschätzen. Das von fettigen Locken umrahmte Gesicht wirkte jung und alt zugleich, der Blick der dunkelblauen Augen war ebenso wohlwollend wie durchdringend, und obwohl er einen eher ernsten Eindruck machte, umspielte ein Lächeln seine vollen Lippen. Er war unrasiert, insgesamt ungepflegt, hatte eine ausgeprägte Nase, die ihm etwas Koboldhaftes verlieh – und doch hielt ihn Bohdan für einen attraktiven Mann. Die äußerlichen Eindrücke waren so widersprüchlich, dass Bohdan sich instinktiv konzentrierte, um seine Aura zu lesen.

Urplötzlich schlug der Mann die Decke zurück und brachte dadurch ein schartiges Messer zum Vorschein, das in seiner Rechten ruhte. Er hob die linke und sagte warnend mit heiserer Stimme: »Nee, nee, lass das lieber sein. Ich hab gesehen, was du mit den Kätzchen gemacht hast.«

»Ach, wirklich?«, fragte Bohdan verdutzt. Er fühlte sich ertappt und brach die Konzentration ab.

Der Mann nickte wissend, die Hand ruhig auf dem Messer. »Du bist nicht der erste Mushanti, der meinen Weg kreuzt. Wie heißt du?«

»Mein Name ist Boh. Ich will in die Stadt«, erwiderte Bohdan.

»Freut mich, Boh-ich-will-in-die-Stadt«, grinste der Mann breit, dann stand er auf, machte drei Schritte auf Bohdan zu und streckte ihm die freie Hand entgegen. »Mein Name ist Nintendo Superdrive, und ich kenne einen Weg in die Stadt.«

Bohdan erhob sich ebenfalls und schüttelte die angebotene Hand. Hoffnung keimte in ihm auf.

Der Mann mit dem seltsamen Namen wandte sich ab, drehte den Kopf und murmelte über die Schulter hinweg: »Komm erst mal mit mir mit. Die Kätzchen haben gute Nasen und geben einen Festschmaus nicht so leicht auf.«

Bohdan schauderte und folgte raschen Schrittes seinem Führer, der trotz der unpraktischen Decke, die er um sich gewickelt hatte, ein erstaunliches Tempo vorgab.

Sie eilten durch verwinkelte Gassen, die mit ausgeblichenen Graffiti besprüht waren, huschten rasch über eine größere Straße, nur um am Ende wieder am Fluss anzukommen. Die Abendsonne tauchte das Wasser in ein glitzerndes Rot. Bohdan gefiel der Anblick, und er hätte gerne kurz verweilt, wie zuvor schon bei den merkwürdigen Bildern an den Wänden der Gassen, aber Nintendo hatte es noch immer eilig. Er stieg Stufen hinab, die direkt in den Fluss zu führen schienen. Als Bohdan ihm folgte, erkannte er, wohin sein Führer wollte. Nintendo schwang sich behende in ein kreisrundes Rohr, aus dem brackiges Wasser in den Fluss quoll.

Ein übler Gestank stieg Bohdan in die Nase, während sie dem Verlauf des Rohrs folgten. Erst ging es geradeaus, dann machte es eine Biegung nach rechts. Hinter der Biegung herrschte Dunkelheit, und Bohdan orientierte sich an den platschenden Schritten seines Führers vor ihm. Nach einer Weile verstummten die Schritte. Nintendo ächzte vor Anstrengung. Quietschend öffnete sich etwas, kühle Luft schlug

Bohdan entgegen. Er stolperte über ein hartes Hindernis und ärgerte sich, dass sein Führer ihn nicht gewarnt hatte. Erneut das quietschende Geräusch, und dann herrschte Totenstille.

Ein Licht ging an. Bohdan blinzelte. Nintendo hatte eine Fackel entzündet, die einen ovalen Raum erhellte. Hier war der Boden trocken. Bohdan betrachtete den Raum, den sie durch eine runde, verrostete Metalltür betreten hatten. In einer Ecke lagen zwei Matratzen, Kisten dienten als Ablagefläche für allerhand Kram, dessen Zweck Bohdan nur teilweise erahnte. Ihm wurde klar, dass Nintendo in diesem heillosen Durcheinander hauste.

»Schön hast du es hier«, sagte er etwas unbeholfen.

Nintendo kicherte nur und ließ sich auf der vorderen Matratze nieder. Bohdan hockte sich auf eine der wenigen freien Stellen ihm gegenüber auf den Boden. Erst jetzt, als er saß, spürte er, wie müde er war und wie hungrig. Nintendo erriet seine Gedanken. Er nahm ein Stück Fleisch von einem erkalteten Grill und reichte es Bohdan.

»Danke«, sagte Bohdan und biss zögernd in die Keule. Das Fleisch schmeckte abscheulich, aber sein Hunger ließ ihn kauen, schlucken und erneut abbeißen.

»Da drüben«, meinte Nintendo und deutete auf eine schmuddelige Ecke, in der eine schiefe Kommode stand, »findest du etwas zu Trinken.« Er ließ sich mitsamt Decke auf die Matratze sinken. Im Liegen fügte er hinzu:»Iss, trink und schlaf, danach sehen wir weiter.«

»Danke«, murmelte Bohdan noch einmal.

Als er gegessen und das gammelige Fleisch mit einem viel zu süßen Getränk aus einer Plastikflasche heruntergespült hatte, legte er sich neben seinen Gastgeber auf die andere Matratze. Er zog eine löchrige Decke bis ans Kinn und schlief im Schein der unstet flackernden Fackel ein.

***

Alba musste sich bemühen, nicht zu grinsen und ihren höflich distanzierten Gesichtsausdruck zu bewahren, der dem formalen Anlass angemessen war. Der Anlass ihrer unpassenden inneren Heiterkeit – ein hühnenhafter Kerl mit nacktem tätowiertem Oberkörper – kratzte sich am Schritt, als wäre er allein, und grunzte dann eine Zustimmung. Er sah einfach zu albern aus: diese massige grobschlächtige Gestalt auf dem gesteppten Leder des Sessels, in der Hand ein Glas Wein, das er bereits zweimal geleert hatte.

»Dann sind wir uns also alle einige?«, hakte Ransaël, das Oberhaupt der Taboriten, in seiner schneidend glatten Art nach.

»Vsul einig«, schnaubte der Vertreter des Wüstenstammes und stürzte sich den Inhalt des dritten Glases in die Kehle, woraufhin Alba sich zwingen musste, einen neuerlich in ihr aufsteigenden Kicheranfall niederzuringen.

Die glänzenden, kleinen Augen des Gastes wanderten von einem zum anderen, bis sie wieder auf Ransaël ruhten. »Vsul einig, wenn Abmachung ihr erfüllt habt.«

»Seien Sie unbesorgt, Häuptling Vsul«, meldete sich Marek zu Wort. »Die Lieferung wird vollständig und pünktlich eintreffen.«

»Vsul sich nie Sorgen machen. Niemand betrügen Vsul«, grollte der Wilde.

Marek nickte eifrig. »Natürlich nicht.«

Bei Marek, dachte Alba, verhielt es sich genau andersherum als bei dem Menschenfresser-Gast. Er passte zu gut in den edlen Sessel. Sein Glas hielt er mit Daumen und Mittelfinger, während er den kleinen Finger abspreizte. Das geckenhafte Sakko hatte er abgelegt, aber die goldenen Knöpfe auf seiner Samtweste, die er über einem strahlend weißen Hemd trug, unterstrichen seinen Rang über die Maßen. Jedenfalls nach Albas Geschmack. Er hielt sich für den großen Macher, dabei war er bloß ein selbstverliebter Träumer, der seine Stellung allein seinem Bruder, ihrem Boss, zu verdanken hatte.

Viktor war die ganze Verhandlung über zurückhaltend gewesen. Er hatte aufmerksam zugehört, Stimmungen erfühlt, und wenn er etwas gesagt hatte, war es durchdacht gewesen und hatte die Sache vorangebracht. Alba war ihm zweimal beigesprungen, um seine Argumente zu bekräftigen, hatte sich sonst jedoch in Schweigen gehüllt. Die Allianz mit den blasierten Taboriten war ein Balanceakt, und Alba stammte, wie jeder wusste, aus ärmlichen Verhältnissen, wofür die blaublütigen Taboriten sie verachteten.

Ransaël, ihr junger Anführer, der sein schimmernd schwarzes Haar heute zu einem kurzen Zopf geflochten trug, räusperte sich gekünstelt und fasste den vereinbarten Pakt noch einmal zusammen: »Also, wir sind in Folgendem übereingekommen: Die Allianz von Fanta und Taboriten sichert dem Stamm der tapferen Slundenu zu jedem dritten Vollmond eine Lieferung von dreißig Einheiten Antidot und zweihundert Gallonen Benzin zu.«

Vsul grunzte zustimmend. Offenbar glaubte er, die feinen Herren über den Tisch gezogen zu haben.

Ransaël fuhr höflich fort: »Im Gegenzug werden keine Überfälle mehr auf den Zugverkehr stattfinden, dafür …«, das Oberhaupt der Taboriten senkte die Stimme, »… wird es zu unangenehmen Zwischenfällen auf der Schifffahrtsroute gen Norden kommen.«

Vsul grinste breit. »Die Slundenu ihre Speere in Blut tauchen. Wir Schiff versenken.« Er lachte misstönend laut auf.

Viktor strich sich über den Kinnbart und nickte. »Aber denkt daran, immer nur ein Frachter alle drei Monde. Wir wollen unsere Konkurrenten lediglich schwächen.«

»Die Beute dürft ihr freilich behalten«, setzte Ransaël hinzu, »aber mein Geschäftspartner und Freund hat recht, hütet euch davor, zu gierig zu werden.«

Vsul wischte die Bemerkung mit einer aggressiven Handbewegung fort. »Vsul nicht dumm. Vsul verstanden.«

»Selbstverständlich«, beeilte sich Marek von oben herab zu sagen, was ihm einen funkelnden Blick des Häuptlings einbrachte.

»Dann«, erhob Viktor das Wort, »lasst uns auf den Frieden und dieses Bündnis, das allen beteiligten Parteien zum Vorteil gereicht, anstoßen.« Er stand auf und streckte die Hand aus, in der er sein Glas hielt. Alle anderen im Raum taten es ihm gleich, und klingend stießen die Gläser aneinander. Der Pakt war besiegelt.

Alba war froh, dass sie es endlich hinter sich hatten, dennoch blieb sie wachsam. Vsul war ein Wilder und ein Killer, aber er war leicht zu durchschauen; anders verhielt es sich mit den verschlagenen Taboriten.

Ransaël und noch schlimmer Krishana, die hochgewachsene und meist schweigsame Frau an seiner Seite, konnten einen herzlich anlächeln, um einem im nächsten Augenblick einen Dolch in den Rücken zu stoßen. Sie waren verschlagen, ehrgeizig und intrigant – genau das machte sie zu wertvollen Partnern, aber es bedeutete auch, dass man stets auf der Hut sein musste. Vor allem, wenn man sich auf ihrem Territorium befand. Allerdings hatte dieser Umstand den Vorteil, dass nicht sie sich um die weitere Bewirtung des unangenehmen Gastes und seiner drei in einem Nebenraum wartenden Stammesbrüder kümmern musste. Vsul hatte zuvor schon durchblicken lassen, das berüchtigte Vergnügungsviertel im neutralen Zentrum mit all seinen Schenken und Hurenhäusern besuchen zu wollen. Das war natürlich völlig ausgeschlossen, und sie beneidete Ransaël und Krishana nicht darum, dem Wilden die Idee aus dem Kopf zu schlagen und ihn durch andere Annehmlichkeiten zu entschädigen.

Nach einer erfreulich kurzen Abschiedszeremonie geleiteten zwei gleichgroße Männer in schwarzen Gehröcken Viktor, Marek und Alba durch das herrschaftliche Gebäude, das in früherer Zeit einmal ein Museum gewesen war. Einer hob die Tür auf, die drei schritten hindurch, um dann wieder von beiden die breiten Stufen hinab flankiert zu werden, bis sie vor den Limousinen auf ihre eigenen Leibwächter trafen. Zappa zählte zwar nicht zu den Leibwächtern, aber er hatte ebenfalls gewartet, seinen Zylinder tief in die Stirn gezogen. Er nahm ihn ab, öffnete Alba galant die Tür, stieg dann auf der anderen Seite ein und setzte sich neben sie. Zappa war ihr engster Vertrauter, Berater und Zauberkundiger. Sie waren ein eingespieltes Team, und er brauchte nicht zu fragen.

»Es verlief besser als angenommen«, berichtete Alba. »Die Slundenu sind ein hirnloser Haufen von Schlächtern, aber sie übernehmen die ihnen zugedachte Rolle. Die durch sie verursachte Schwächung der Wulda dürfte diese mittelfristig von ihrer Halsstarrigkeit befreien, was unsere Verhandlungsposition ihnen gegenüber stärken wird.« Alba machte eine Pause und sah aus dem Fenster, an dem hohe graue Häuserfassaden vorbeizogen.

»Und die Taboriten?«, erkundigte sich Zappa mit seiner tiefen, freundlichen Stimme.

Alba seufzte. »Formal haben sie das Bündnis bekräftigt. Aber ich traue Ransaël nicht, sein Ehrgeiz ist maßlos. Krishana ist noch schlimmer. Und ich frage mich, ob nicht eigentlich sie diejenige ist, die die Strippen zieht und den Ehrgeiz von Ransaël noch befeuert.«

»Nja«, brummte der Mushanti säuerlich, ehe er, in einen Plauderton wechselnd, fragte: »Wie hat Marek sich geschlagen?«

Alba schmunzelte. »Er ist und bleibt ein Baichi in teuren Klamotten.«

»Der Boss sollte ihm weniger Verfügungsgewalt geben«, sagte Zappa, »und die abgezogene Macht dir zuteilen.«

Alba stöhnte und lächelte. »Wie oft hatten wir das schon? Er ist sein Bruder. Egal wie oft Marek noch patzt, und bei aller Gerissenheit von Viktor, er wird ihn nie auf einen Platz verweisen, der seinen jämmerlichen Fähigkeiten entspricht.«

Zappa wollte etwas einwenden, doch Alba hob müde die Hand und brachte ihn damit zum Schweigen. Sie hatten dieses Thema schon so oft diskutiert, und es führte zu nichts.

Ohne zu reden sahen beide eine Weile aus dem Fenster. Sie waren jetzt wieder auf eigenem Territorium, und bald würden sie den alten Bahnhof, das Hauptquartier der Fanta erreichen.

»Gibt es schon Neuigkeiten aus den südwestlichen Ödlanden?«, fragte Alba beiläufig.

»Aus Stone Town, meinst du?«, gab Zappa zurück. »Wie du bereits weißt und wie ich es vorausgesagt habe, hat die Baronesse die Allianz der Sozialistischen Liga und der Brigada Novy vernichtend zurückgeschlagen. Dabei musste sie ihre Maske fallenlassen. Jedem ist nun bekannt, dass sie eine Mushanti ist.«

Alba zog die Nase hoch. Die Sache war nicht von großer Bedeutung. Der inoffizielle Handel mit Stone

Town stellte nur einen kleinen Nebenerwerb dar. Dennoch fragte sie: »Wird das etwas ändern?«

»Nein, ich denke nicht«, erwiderte Zappa nach kurzem Zögern. »Ehe wir die Verhandlungen wieder aufnehmen, würde ich allerdings den Bericht meiner Spione abwarten. Mir ist zu Ohren gekommen, dass es nach dem Gefecht zu einem Vorfall gekommen sein soll.«

Alba horchte auf.

»Ich weiß noch nichts Genaueres«, fuhr Zappa fort, »lediglich, dass Jaro tot sein soll.«

»Dieser elende Revolverheld, der bei dem letzten Treffen so unverschämt war?«

Zappa nickte. »Eben der.«

»Was für ein Jammer«, bemerkte Alba sarkastisch.

Sie hatten den Bahnhof erreicht. Ein kolossales Bauwerk, aus dem zwei gleich aussehende Türme wuchsen, deren Kuppel aus Glas waren. *Home, sweet home*, dachte Alba und wartete bis Zappa ausgestiegen war und ihr die Tür aufhielt.

Viktor, Marek und ein Dutzend Leibwächter stiegen aus den anderen Wagen aus, und gemeinsam betraten sie das Bahnhofsgebäude.

Die Nachbesprechung im großen Saal, dessen Stirnseite aus einer riesigen, halbrunden Fensterfront bestand, fiel knapp aus. Viktor ließ einige Gedanken von Marek und auch Alba zu, ehe er das Thema wechselte. Am nächsten Tag würde sich der Stadtrat treffen, und es galt eine Strategie abzusprechen.

Nachdem sie eine Dreiviertelstunde verschiedene Möglichkeiten durchgegangen waren, fasste Viktor sachlich die Ergebnisse zusammen: »Marek, du gehst auf Tuchfühlung mit den Wulda. Gib zu erkennen, dass von unserer Seite aus Verhandlungsspielraum besteht.« Er wandte sich Alba zu. »Du hingegen zeigst ihnen die kalte Schulter, damit sie keinen Verdacht schöpfen, wenn einer ihrer Frachter verunglückt. Ich werde mich neutral, in der Mitte von euch beiden zeigen. Das ist glaubwürdig, und sie werden denken, dass wir uns uneinig sind.«

Viktor stopfte sich eine Pfeife und rauchte nuckelnd an, ehe er fortfuhr: »Den Tanach und Nepomuk gegenüber treten wir geschlossen auf, in der wohl bewährten Mischung aus Respekt und Distanz. Und das Wichtigste: Den Taboriten begegnen wir ganz genauso. Keines der anderen Häuser darf auf den Gedanken kommen, dass etwas zwischen uns im Busch ist. Kriegen wir das hin?«

»Natürlich!«, beteuerte Marek rasch.

Alba ließ sich ihr Unbehagen nicht anmerken, hielt Viktors Blick stand und nickte zustimmend.

Im selben Augenblick fuhr unter ihnen mit quietschenden Bremsen ein Zug ein. Da die Züge so gut wie ausschließlich für den Transport von Handelswaren verwendet wurden, ahnte niemand, dass sich im hintersten Wagon ein Passagier befand. Noch ehe der Zug gänzlich zum Halten kam, öffnete diese Person die Schiebetür einen Spaltbreit, schlüpfte unbemerkt hinaus und huschte über die Schienen in Richtung Kernstadt.

2. Kapitel

Bohdan erwachte mit einem Kratzen im Hals. Er hatte unruhig geschlafen. Im Traum hatte er die Straße von Stone Town gewässert, hatte Holz gehackt und war mit dem Wanderer durch die ewige Wüste gefahren. Einen Moment lang wusste er nicht, wo er war, dann fiel ihm alles wieder ein. Dass Danija ihn bestohlen hatte, wie er an der Brücke abgewiesen worden war, wie die Katzenwesen ihn auf dem Steg angegriffen hatten und er in den Fluss gesprungen war. Und er erinnerte sich an den sonderbaren Mann mit den blauen Augen, Nintendo, der ihn in seine schäbige Behausung unter der Erde mitgenommen hatte. Bohdan setzte sich auf der Matratze auf. Die Fackel brannte nicht mehr, und es war stockdunkel.

»Krass, hast du lang geschlafen, Amigosch«, sagte eine Stimme ganz in seiner Nähe. Ein glucksendes Kichern folgte, und plötzlich blendete ein Licht Bohdans Augen. Nintendos Gesicht tauchte aus dem Schein von Kerzen auf, die er auf einer Holzkiste entzündete. Als ein Dutzend kleiner Stumpen brannte, öffnete Nintendo, der immer noch in seine braune Wolldecke gehüllt war, zischend zwei Dosen und reichte eine davon seinem Gast.

Bohdan dankte und trank die grässlich süße Limonade.

»Gut, was?«, meinte Nintendo, die kleinen Schlucke seines Gastes fehlinterpretierend. »Stammt aus der alten Zeit«, dozierte er, während er die grüne Dose im Kerzenschein drehte. »Hier unten findet man allerhand Überreste von dem, was einmal war – wenn man den richtigen Blick dafür hat«, fügte er mit einem überlegenen Schmunzeln hinzu.

Bohdan betrachtete ebenfalls seine Dose. »Was weißt du von dieser vergangenen Zeit?«

»Ach, nicht viel mehr als der Durchschnitt«, erwiderte Nintendo mit gespielter Bescheidenheit. »Nur, dass die alten Länderbündnisse, irgendwann nicht mehr wuchsen, sondern schrumpften. Zumindest die meisten fielen zurück in eine noch ältere Zeit. Sie bauten Zäune und Mauern und führten Kriege gegeneinander, die sie allerdings an anderen, weit entfernten Orten austrugen. Nur einige wenige hielten an der Vorstellung fest, dass es besser ist, sich zu verbünden und zusammenzuschließen. Von diesen Ausnahmen abgesehen, hat sich durch den großen Knall also gar nicht so viel verändert. – Für einen wie mich sowieso nicht«, ergänzte er nach einer kurzen Pause grinsend.

»Einen wie dich?«, hakte Bohdan nach.

»Ich bin ein Skalka«, erklärte Nintendo, als hätte er ein Kleinkind vor sich. »Du weißt gar nichts über die Verhältnisse in Prak City, stimmt's?«

»Stimmt«, gab Bohdan zu. Da sein Gastgeber nicht von allein weitersprach, fragte er: »Wieso hilfst du mir?«

Nintendo sah ihm unverwandt in die Augen, dabei huschte etwas über seine unrasierte Miene. Etwas, das mehr als nur unpassende Erheiterung war. Es fiel Bohdan wie Schuppen von den Augen, Nintendo war irre. Nicht ein wenig an der Oberfläche, sondern tief in seinem Inneren; so stark darin verankert, dass der Wahn sein Wesen ausmachte.

»Ich helfe dir«, sagte er mit einem schiefen Grinsen, »weil du nach Ärger riechst.« Er nahm einen Schluck aus der Dose und fügte hinzu: »Und weil du schlau bist, Boh. Das wird dich weit bringen in Prak City — oder dir ein frühes Grab bescheren.«

Darauf kicherte Nintendo, und Bohdan durchfuhr ein eisiger Schauder. Er zwang sich zu einem verlegenen Lächeln und fragte: »Erzählst du mir wie … wie Prak City funktioniert?«

Nintendo wippte mit seinem Oberkörper leicht vor und zurück. »Zunächst einmal sind wir immer noch in den Ödlanden, und in den Ödlanden …«

»Ist nichts umsonst«, komplettierte Bohdan den Satz. »Was willst du von mir?«

Nintendos Miene nahm einen entrückten Ausdruck an. Seine kleinen Augen waren auf Bohdan gerichtet, aber sie schienen durch ihn hindurch in weite Ferne zu blicken.

»Was kann ich dir geben?«, wiederholte Bohdan seine Frage.

»Ja, ja«, brummte Nintendo. Offenbar dachte er nach. Er knetete seine Unterlippe und sagte: »Ich schätze mal, du kommst aus südöstlicher Richtung.«

»Aus Stone Town«, stimmte Bohdan ihm zu.

Nintendo nickte zufrieden. »Es wird gemunkelt, dass es dort zu einem Scharmützel gekommen ist. Berichte mir davon.«

Bohdan holte tief Luft und begann zu erzählen. Von der Baronesse, dem Anrücken der Allianz, die sich gegen Stone Town gebildet hatte, dem Kampf und dessen Ausgang. Auch seine und Danijas Flucht schilderte er, ohne wichtige Details auszulassen. Nintendo hing förmlich an seinen Lippen und hakte an bestimmten Stellen nach, um sein Bild der Ereignisse zu vervollständigen. Als Bohdan endete, strahlte Nintendo von einem Ohr zu anderen. »Eine gute Geschichte«, freute er sich, »wirklich eine gute Geschichte und eine wertvolle. Du musst sie unbedingt für dich behalten«, fügte er mit einem Zwinkern hinzu. »Je mehr sie kennen, umso mehr verliert sie an Wert.«

Einen Moment lang herrschte Schweigen, bis dem Gastgeber einfiel, dass er nun an der Reihe war. »Es ist eigentlich ganz einfach«, setzte er gelangweilt an. »Ich werde dir nur sagen, was dir jeder Baichi sagen könnte, aber dafür verrate ich dir ja auch den Weg in die Stadt.«

Er wartete, bis Bohdan zustimmend nickte.

»Nja, also, Prak City ist in sechs Bezirke aufgeteilt. Das Zentrum ist neutraler Boden. Die Bezirke drumherum werden von … *Häusern*, könnte man sagen, kontrolliert. Jedes dieser Häuser, man könnte sie auch *Banden* nennen, verfügt über mindestens eine bedeutende Sache, welche unverzichtbar für die gesamte Ordnung ist. Die Tanach prägen Münzen, die Wulda besitzen den einzigen großen Hafen und betreiben eine Erdölraffinerie – daher stammt der ganze Qualm.« Nintendo fuhr sich mit einer Hand durchs fettige Haar, bevor er fortfuhr: »Die Nepomuk hast du schon kennengelernt. Sie gebieten über den westlichen Teil der Stadt und die Brücke. Dann wären da noch die Taboriten, die das einzige Krankenhaus betreiben, und die Fanta, die über den alten Bahnhof Handel treiben und in deren Gewächshäusern jene Pflanzen gezüchtet werden, welche den Grundstoff für das Antidot darstellen. Die eigentliche Produktion findet jedoch im Zentrum statt, wo sich der Stadtrat, auch der Rat der Sechs genannt, trifft.«

»Warte«, sagte Bohdan, der aufmerksam zugehört hatte und versuchte, sich die schnell vorgetragenen Informationen einzuprägen. »Das waren fünf Parteien. Wieso heißt es dann *Der Rat der Sechs*?«

Nintendo gab ein ungehaltenes, beinahe tierisches Zischen von sich. »Ich hab's dir doch zuvor schon gesagt, ich selbst gehöre zu den Skalka.«

Es war offensichtlich, dass Nintendo über seinen eigenen Klan nicht sprechen wollte, aber Bohdan wollte sich nicht so einfach abspeisen lassen; immerhin hatten sie einen Deal. »Und was kontrolliert ihr?«

Nintendo funkelte ihn an, und kurz befürchtete Bohdan, er könne auf ihn losgehen, doch dann lachte Nintendo sein verschrobenes, glucksendes Lachen. »Wir kontrollieren die Kacke und Pisse dieser herrlichen Stadt«, sagte er amüsiert, als er sich wieder gefangen hatte. »Aber wir sind nicht nur die stinkenden Ratten, für die uns die arroganten Oberstädtler halten. Neben der Kanalisation sind wir in den Schächten, Tunneln und Gewölben des einstigen Metrosystems zuhause.«

Seine Augen begannen zu leuchten und seine Stimme wurde schrill, während er weitersprach: »Die Wucherer, die Ölfinger, die Kröten, die Blassen und die Lokos, sie alle leben in einer Illusion! Wir, die Skalka, sind ihr Unbewusstes, ihre bösen Träume.« Speichel rann ihm nun vom Kinn, und seine Tonlage wurde drohend: »Eines Tages werden wir uns erheben, werden zurückkehren an die Oberfläche und …«

Abrupt hielt er sich eine Hand vor den Mund, als wäre ihm etwas herausgerutscht, das er eigentlich hatte für sich behalten wollen.

Bohdan holte Luft, um eine Frage zu stellen, aber Nintendo kam ihm wütend zuvor: »Die Geschichtsstunde ist vorbei. Du musst jetzt gehen.« Er deutete mit dem Daumen über die Schulter in ein schwarzes Loch hinter ihm. »Die erste Abzweigung links, dann die dritte rechts und die fünfte noch einmal rechts.«

Bohdan lag auf der Zunge, um eine Fackel und eine genauere Wegbeschreibung zu bitten, doch sein Blick fiel auf die Decke, auf der sich die Konturen des Messers abzeichneten. Eilig stand er auf, ehe Nintendo auf den Gedanken kam, dass er ihm doch zu viel verraten hatte.

»Danke«, murmelte Bohdan und lief hastigen Schrittes in die Dunkelheit.

Er stolperte durch die Finsternis, nur seine eigenen Schritte waren zu hören. Mit den Händen tastete er sich an den Wänden entlang, bis er ins Leere fasste. Die erste Abzweigung. Er stieß sich den Kopf an, zog ihn ein und ging gebückt weiter, während er sich immer wieder leise vorsagte: »Die dritte rechts, dann die fünfte rechts.« Der Marsch durch die undurchdringliche Schwärze kam ihm ewig vor; ständig lauschte er, ob nicht doch Schritte zu vernehmen waren, die ihn verfolgten.

Schritte hörte er keine, dafür unheimliche, zischende Laute, bei denen er allerdings nicht sicher war, ob er sie sich nur einbildete. Endlich hatte er die letzte

Abzweigung gefunden, und er tastete die feuchten Wände und die gewölbte Decke ab, aber da war nichts.

Er atmete tief durch, konzentrierte sich, und für einen Augenblick konnte er sehen. Dort! Eine verrostete Eisenleiter. Die Sprossen waren kalt und porös, aber sie trugen sein Gewicht. Er kletterte nach oben, nur um festzustellen, dass er zu schwach war, den schweren Eisenrost über seinem Kopf anzuheben. Noch einmal setzte er die Mushanti-Kraft ein, und der Gullideckel lockerte sich und schwebte zur Seite. Über ihm waren Sterne zu erkennen. Er hatte es geschafft. Einen Moment verharrte er, um sich gegen den Tribut zu wappnen. *Es ist wie Ausatmen*, fielen ihm Danijas Worte ein. Ein kurzer stechender Schmerz hinter seiner Stirn, und es war vorbei.

Er hievte seinen Körper aus dem Schacht, drehte sich auf den Rücken, blieb liegen und betrachtete erleichtert den Sternenhimmel. Die ganze Zeit über hatte er unbedingt in die Stadt gewollt, und jetzt, da es ihm gelungen war, fragte er sich: Warum überhaupt? Was hoffte er, hier zu finden? Die Welt kennenlernen, einen Neuanfang machen – das kam ihm plötzlich so kindisch vor. Andererseits, was wäre die Alternative gewesen? In die östlichen Ödlande konnte er nicht zurück. Die Baronesse würde ihn finden und im besten Fall wieder zu ihrem willenlosen Sklaven machen.

Nein!, sagte er laut zu sich selbst. Nun war er hier, hier in Prak City, und er musste das Beste daraus machen. Mühsam rappelte er sich auf.

Er befand sich an einer Straßenkreuzung. Die grauen Häuser waren hoch, zogen sich lang hin und hatten mehr Fenster, als er zählen konnte. Er drehte sich einmal um die eigene Achse. Da war ein freier Platz, ein Park, der von Bäumen umstanden war und in dessen Mitte verrostete Klettergerüste standen. Das Wunderlichste für Bohdan war allerdings der Straßenbelag. Kein Sand bedeckte die breiten Straßen, auch keine Steine, dafür eine glatte graue Decke. Direkt vor ihm waren weiße Streifen darauf gemalt. Vor dem Eingang eines der langen Häuser standen drei Autos in gepflegtem Zustand. Die hier lebenden Menschen mussten unglaublich wohlhabend sein.

Bohdan steckte die Hände in die noch immer klammen Hosentaschen und schlenderte mitten auf der Straße los. An ihrem Ende bog er links ab und fand noch mehr sich aneinander schmiegende Häuser und parkende Autos vor. Aus manchen Fenstern drang Licht, die meisten Bewohner schienen jedoch zu schlafen. Während er einsam ging, schweiften seine Gedanken von der beeindruckenden Umgebung ab. Er erinnerte sich daran, was Nintendo ihm über die verschiedenen Klans erzählt hatte, und fragte sich, auf wessen Territorium er sich befand.

Aber noch eine andere Frage drängte sich ihm auf, eine, die er sich schon oft gestellt hatte. Die alte Welt war hier so greifbar, und doch war er sich sicher, dass, wenn er jemanden danach gefragt hätte, dieser ihm keine Auskunft hätte geben können, jedenfalls keine genaue. Weshalb war die Erinnerung an die alte Welt so schnell verwaschen, sogar für jene, die mehr als die Hälfte ihres Lebens in ihr zugebracht hatten? Nintendo hatte gesagt, die Veränderung sei überhaupt nicht so umfassend gewesen, doch in diesem Punkt glaubte Bohdan ihm nicht. Er war überzeugt, dass sich einfach alles geändert hatte, und vielleicht erinnerten sich die Menschen gerade deshalb so schlecht, weil der Kontrast zu stark war. Oder es hatte mit einer Art kollektiver Verdrängung zu tun. Möglicherweise war der Umsturz derart schrecklich gewesen, dass man sich stillschweigend darauf geeinigt hatte, nicht nur die Katastrophe selbst aus der Erinnerung zu löschen, sondern auch alles, was davor gewesen war.

Bohdan bemerkte erst jetzt, dass sich der Bodenbelag geändert hatte. Er ging auf Pflastersteinen, die ein Muster bildeten, auf einen quadratischen Platz zu. Ein auffälliges Gebäude schien über den Platz zu wachen. Seine Ecken bestanden aus mit dem Rest des Bauwerks verwachsenen Türmen. Um die Fenster waren steinerne Rahmen und kleine Säulen angebracht. Dekorative Giebel schmückten das oberste

Stockwerk, das wie eine Krone oder ein sonderbarer Hut auf dem Gebäude saß. Bohdan ließ sich staunend auf einer Bank nieder. Aus einem stählernen Ding neben ihm drang ein unangenehmer Geruch. Er streckte dem Mülleimer seine Füße entgegen und legte sich hin. Trotz der Kälte fielen ihm die Augen zu, und er schlief ein.

Er wurde von Stimmen geweckt. Die Sonne war bereits aufgegangen, versteckte sich aber noch hinter dem hohen Haus gegenüber. Er setzte sich auf, streckte sich und betrachtete schlaftrunken all die Menschen, die den Platz und die Straßen um ihn herum bevölkerten. Es waren so viele. Männer in Anzügen oder schlichterer Kleidung. Frauen in Kleidern, einfarbigen Kostümen oder bunten Röcken. Einige von ihnen schoben sonderbar kleine Wagen vor sich her, aus denen das Weinen von Säuglingen drang. Eine Horde Halbstarker lief laut prahlend an Bohdan vorbei, verachtende Blicke streiften ihn. Über allem hing ein beißender Rauch, aber in die Rauchschwaden mischte sich ein angenehmer Duft, der Bohdan an seinen leeren Magen erinnerte. Jetzt erkannte er die Quelle der Duftwolke, eine Bäckerei mit einem Schild davor, auf dem die Tagesangebote standen. Er hatte keinen Schimmer, was ein Trdlník war, aber es spielte auch keine Rolle, da er die zwei Quintinos für fünf Stück davon nicht besaß.

Die Sonne stieg höher, und immer weniger Menschen waren unterwegs. Zur Mittagszeit war der Platz leer, bis auf zwei Alte, die im Schatten eines Balkons ein Spiel spielten. Bohdan saß auf seiner Bank, meditierte und dachte nach. Er musste irgendeine Tätigkeit finden, aber das einzige, was ihn von anderen abhob, wollte er um jeden Preis verborgen halten. Er wusste schlicht zu wenig über die Gepflogenheiten der Menschen in Prak City, über ihre Regeln und Gesetze. Nintendo hatte zwar behauptet, er sei schon Mushantis begegnet, aber das bedeutete nicht, dass sie hier gern gesehen waren. Vielleicht würde er gar in einem Verlies landen, wenn er sich zu erkennen gab. Keinesfalls wollte er noch einmal mit den finsteren Kerlen in Kontakt geraten, die ihn an der Brücke abgewiesen hatten. Was sollte er tun, wie konnte er hier Anschluss finden, ohne größes Aufsehen zu erregen? Er fand keine Antwort auf diese Frage, und so blieb er grübelnd auf der Bank hocken. Nur einmal musste er aufstehen, um in einer Gasse hinter Müllbergen seine Notdurft zu verrichten, danach kehrte er wieder zu der Bank zurück. Sein Magen war so leer, dass es weh tat, und er hatte großen Durst. Er könnte zum Dieb werden – aber diese Möglichkeit würde die finsteren Kerle ganz bestimmt eher früher als später auf den Spielplan rufen.

Es wurde Nachmittag und dann Abend. Nun kehrten die Menschenmengen zurück. Sie strömten zum Einkaufen in die Geschäfte, und Männer mit Flaschen in der Hand sprachen laut über ihren Tag, zogen lachend an Bohdan vorbei. Frauen schnatterten und wünschten sich eine gute Nacht. Jeder verfolgte ein Ziel, nur Bohdan saß noch immer auf seiner Bank, hungrig, durstig und ohne zu wissen, was er mit sich anfangen sollte. In der Dämmerung ging eine Straßenlaterne an. Im orangefarbenen Licht setzte sich ein Mann seufzend neben Bohdan auf die Bank. Bohdan roch seinen Schweiß und bemerkte die schmutzigen Hände. Wie die meisten der Männer, die von der Arbeit heimkehrten, hatte auch dieser eine Flasche bei sich. Wortlos hielt er sie Bohdan hin.

»Danke«, murmelte Bohdan mit trockener Kehle und trank.

»Bist nicht von hier, was?«, fragte der Mann mit rauer Stimme.

Bohdan nickte. Er wollte nicht unhöflich sein, aber er musste noch mehr trinken. Nicht weil das bittere Getränk ihm gut geschmeckt hätte, sondern weil er sich innerlich wie eine Wüste fühlte. Er unterdrückte ein Rülpsen und hielt dem Fremden die Flasche, in der sich lediglich ein kleiner Rest befand, wieder hin.

Der Mann winkte ab. »Is schon in Ordnung, trink aus.« Während Bohdan sich nicht zweimal auffordern ließ und leertrank, fuhr sich der Mann mit der schmutzigen Hand über den Mund und rieb sich das stoppelige Kinn. »Du scheinst 'n anständiger Junge, hab vielleicht was für dich.«

Bohdan sah den Mann an. Er hatte eine tiefe Stirn, aber freundliche Augen.

»Könnte in der Raffinerie gut 'nen pfiffigen Burschen gebrauchen«, brummte der Mann. »Is 'ne anstrengende Arbeit, aber gut und ehrlich.«

Auf Bohdans Lippen breitete sich ein Lächeln aus.

»Wirst nicht viel verdienen«, schränkte der Mann ein.

»Wenn es was in den Bauch und ein Dach über dem Kopf bringt, bin ich zufrieden«, erwiderte Bohdan schnell. Er konnte sein Glück kaum fassen. Der Mann war ein Engel – ein schmutziger zwar, aber ein Engel.

***

Die Sitzung des Hohen Rates war ganz nach Plan verlaufen. Die Tanach, Nepomuk und Wulda hatten keinen Verdacht geschöpft, davon war Marek überzeugt. Allesamt hatten ihre Rolle überzeugend gespielt, vor allem er selbst, aber auch Alba musste er zugestehen, keinen Fehler gemacht zu haben. Der Platz vor dem riesigen Gebäude wimmelte von Leibwächtern. Viktor sprach noch mit Ismael, dem Oberhaupt der Tanach. Der alte Mann mit dem kahlen Schädel und dem langen gepflegten Bart lächelte leise und nickte. Wie immer strahlte Ismael die Ruhe und Besonnenheit eines Mönchs aus. Marek konnte ihn nicht leiden. Aber das war nichts Besonderes, Marek hatte mit vielen ranghohen Personen ein Problem, vor allem mit solchen, die ihm nicht den Respekt zollten, den er verdient zu haben glaubte. Und bei aller Höflichkeit lag stets eine gewisse Herablassung in dem gütigen Lächeln von Ismael. Zumindest empfand Marek es so. Er ging neben Alba zu Zappa, der an den Limousinen wartete.

»Und, wie ist es gelaufen?«, fragte der hochgewachsene Mann, der seinen Zylinder wahrscheinlich nicht einmal zum Schlafen auszog. Zappa stellte ein weiteres Ärgernis für Marek dar. Er hatte ihn in einer Absinth-Höhle entdeckt und ihn für die Fanta gewonnen, aber im Laufe der Zeit war er immer mehr zu Albas Mann geworden. Selbst Schuld, dachte Marek. Alba war eine Streberin, die nichts anderes als ihre Arbeit kannte. Wie langweilig.

»Fein«, strahlte Marek Zappa an, »Viktor und ich haben alles im Griff.«

Zappe legte den Kopf leicht schief. »Ist diesmal ein Vertreter der Skalka erschienen?«

Alba schüttelte den Kopf. »Nein.«

Sie wollte noch etwas hinzufügen, aber Marek kam ihr zuvor: »Die Ratten haben wohl begriffen, dass sie am besten in ihrem Nest bleiben und die Politik jenen überlassen, die in der Lage sind, Verantwortung zu übernehmen.«

Zappa hob die Brauen, sagte aber nichts mehr.

Endlich löste sich Viktor mit einer Umarmung von Ismael und kam auf sie zu. Leibwächter öffneten die Wagentüren, und die Anführer der Fanta stiegen ein. Als Marek bereits saß, sah er noch, wie Zappa Viktor etwas in die Hand drückte. Einen kleinen Zettel, wenn er sich nicht getäuscht hatte.

Sie fuhren los. Viktor saß neben Marek, die Linke zu einer lockeren Faust geballt.

»Was ist das?«, fragte Marek, mit dem Kinn auf die Faust deutend.

Anstatt zu antworten, öffnete Viktor die Faust und zog mit spitzen Fingern einen länglichen Zettel auseinander. »Hmm«, brummte er, »eine Einladung.« Er steckte das kleine Schriftstück ein, ohne dass Marek die Worte hätte lesen können, dann gab Viktor dem Fahrer eine Adresse durch.

Die Kirche lag kurz vor ihrem Territorium auf neutralem Boden. Sie wies einen freistehenden Glockenturm auf und große, u-förmige Bleiglasfenster. Marek legte eine Hand auf den Türöffner, doch Viktor sagte: »Ich gehe allein.«

Marek erstarrte. Er hasste es, wenn sein Bruder ihn in bestimmte Dingen nicht einbezog. »Es könnte sich um eine Falle handeln«, brachte er zähneknirschend hervor.

Viktor sah ihn an. »Ich danke dir für deine Sorge, kleiner Bruder, aber in diesem Fall ist sie unbegründet.«

Damit stieg Viktor aus, und Marek blieb ärgerlich in der Limousine zurück.

Viktor kannte diese Kirche, kannte sie nur zu gut. Wenn man wie er einer der mächtigsten Bosse in Prak City war, hatte das seinen Preis. Er tauchte zwei Finger in das Becken mit Weihwasser und bekreuzigte sich, ehe er im Mittelgang an den leeren Bänken vorbei auf den Altar zuhielt. Seine Schritte hallten von den alten Wänden wider. Vor den Stufen, die hinauf zum Altar führten, bog er linkerhand ab. Er schluckte schwer, dann betrat er den Beichtstuhl.

Der Sichtschutz verhinderte, dass er den Mann — nein, die *Kreatur* auf der anderen Seite deutlich erkannte, aber er wusste auch so, wer ihn hierher gerufen hatte. Das letzte Treffen dieser Art lag fast schon zehn Regenzeiten zurück. Damals waren die Fanta nichts weiter gewesen als eine kleine Gangsterorganisation mit hohen Ambitionen. Es hatte mehr als nur eines kleinen Schubs bedurft, um sie groß und mächtig werden zu lassen. Einflussreiche Leute hatten geschmiert werden, andere hatten sterben müssen. Niemand, nicht einmal Alba und sein Bruder ahnten, welchem Teufel sie den Aufstieg zu verdanken hatten.

»Hallo Viktor«, sagte eine weiche Stimme von der anderen Seite des Sichtschutzes. »Wie laufen die Geschäfte?«

Viktor räusperte sich geräuschvoll. »Ich kann mich nicht beschweren.«

»Ach, wirklich?«, säuselte der Teufel, an den er vor langer Zeit seine Seele verkauft hatte, lauernd.

Viktors Hirn ratterte. Der Shedai-nai wusste, was vor sich ging, natürlich wusste er es. Ihm etwas vorzumachen, war unsinnig und wahrscheinlich auch gefährlich.

»Ich habe den Eindruck«, gestand Viktor flüsternd, »dass sich die Nepomuk und die Wulda zusammentun.«

»So wie die Fanta und die Taboriten«, stellte der Shedai-nai unbekümmert fest. Er wusste es also tatsächlich.

»Ja«, gab Viktor zu. Was sonst hätte er sagen können?

Der Teufel stieß zischend Luft aus, ehe er bemerkte: »Dann wird es also Krieg geben?«

»Nicht, wenn es sich verhindern lässt«, widersprach Viktor rasch. »Ich will kein Blutvergießen.«

»Oh«, sagte der Shedai-nai sarkastisch, »aber Blut wird fließen, nachdem die meisten von euch diesen Pfad eingeschlagen und ihr euch eigenmächtig über die alten Vereinbarungen hinweggesetzt habt. In Strömen wird es fließen, bis sich die Straßen rot färben und die Skalka aus ihren Löchern kriechen müssen, weil sie sonst ertrinken würden.«

»Es war doch bloß …«, setzte Viktor an, sich zu rechtfertigen.

»Es war und es ist der Anfang von Unordnung und Chaos«, fiel ihm der Shedai-nai zischend ins Wort. »Doch getan ist getan, es gibt keine Umkehr. Eine Phase des Chaos wird möglicherweise gar eine noch stabilere Ordnung zur Folge haben. – Ich erlaube es.«

Viktor glaubte, die durch das Gitter verschleierte Miene lächeln zu sehen, sicher war er sich jedoch nicht.

»Und«, wagte er zu fragen, »werdet Ihr uns zur Seite stehen?«

Eine Pause entstand. »Ja, das werde ich. Allerdings lediglich mit Rat, nicht mit Tat. Und mein erster Rat lautet: Nimm dich in acht vor den Nepomuk. In maßloser Selbstüberschätzung wird in ihrem Bezirk etwas Großes vorbereitet, etwas, das das alte Gleichgewicht für alle Zeiten zerrütten könnte. Etwas, das meinen Herren dazu bringen könnte, seine großzügige Haltung zu dieser Stadt zu überdenken. Und wir wissen beide, was das bedeuten würde.«

Viktor zwang sich, ruhig zu atmen. »Was verlangt Ihr im Gegenzug?«

Ein leises, humorloses Lachen ertönte, ehe der Shedai-nai antwortete: »Die Unruhen werden einen alten Feind anlocken. Du kennst ihn vom Hörensagen, man nennt ihn den Schwarzen Reiter. Wenn er erscheint, will ich, dass du und die deinen alles daransetzen, ihn in Gewahrsam zu nehmen. Tötet ihn, wenn es sein muss. Doch sollte es dir gelingen, ihn unversehrt an mich zu überstellen, wird die Belohnung meines Herrn fürstlich ausfallen.«

»Ich werde mein Möglichstes tun, ihn gefangenzunehmen«, versprach Viktor.

»Das ist gut, sehr gut sogar«, zischte der Shedai-nai.

Seine Stimme klang noch nach, als Viktor klar wurde, dass er allein im Beichtstuhl war. Er rieb sich die Augen, dann stand er auf und verließ die Kirche.

Ein Leibwächter hielt ihm die Wagentür auf, und er stieg wieder ein. Marek sah ihn fragend an. Er ignorierte ihn.

»Bring uns heim«, wies Viktor den Fahrer an, und die Limousine setzte sich in Bewegung.

***

Jakub hatte Bohdan mit zu sich nach Hause genommen. Seine Frau Aneta hatte ihnen und den drei Kindern Essen vorgesetzt, und früh hatte man sich eine gute Nacht gewünscht. Bohdan hatte die Nacht auf einer Matratze in der Küche verbracht.

Am Morgen brachen Jakub und Bohdan noch vor Sonnenaufgang auf. Auf dem langen Fußweg hielt Jakub Bohdan einen ausführlichen Vortrag über seine

Arbeit, deren Hauptzweck in der Gewinnung von Kraftstoff bestand. Das Rohöl wurde mit Frachtschiffen nach Prak City transportiert, wo es zu Benzin und Diesel verarbeitet wurde. Was seine Aufgabe wäre, fragte Bohdan. Jakub schmunzelte und meinte, er würde als sein Assistent fungieren. Konkret sollte er ihm beim Probennehmen unterstützen und als Laufbursche die Proben ins Labor bringen. Aber, meinte Jakub, es fielen daneben auch ständig andere Hilfsarbeiten an. Bohdan nickte verständig und versicherte, dass er sich alles zutraue.

Die Raffinerie war in jeder Hinsicht beeindruckend. Eine Ansammlung von zahllosen Türmen und Schloten, aus denen Rauch quoll. Überall Treppen und Gerüste aus Metall und ein kompliziertes Netz aus Rohren, die alles miteinander zu verbinden schienen. Nachdem Jakub sie beide an einer Pforte angemeldet hatte, machte er mit Bohdan eine kleine Führung durch den Bereich, in dem er zugange sein würde, und dann ging es auch schon los. Jakub war für den reibungslosen Betrieb der Destillationskolonne verantwortlich. Bohdan unterstützte ihn dabei, vor allem dadurch, dass er ihm Laufwege ersparte. Den gesamten Morgen und Vormittag flitzte er zwischen dem Ofen mit dem hohen Kamin, der Destillationskolonne und dem Labor hin und her. Die Proben wurden von einem hageren Mann namens Stepan analysiert, woraufhin Bohdan zu Jakub zurückrannte, um ihm die Ergebnisse mitzuteilen. Entweder nickte der zufrieden, oder er nahm, stets mit einem Schraubenzieher bewaffnet, Veränderungen vor, und das Spiel begann von vorne.

Manchmal schickte Jakub seinen unerfahrenen Helfer auch zur Stabilisierungskolonne, in der Flüssiggas von Benzin getrennt wurde, oder zum Entsalzer, wo das Rohöl entsalzen wurde. Diese Botengänge waren weniger wichtig, und Bohdan hatte den Eindruck, dass Jakub ihn vor allem deshalb losschickte, damit er die gesamte Anlage und die anderen Arbeiter kennenlernte. Es war erstaunlich, alle begegneten ihm von Anfang an freundlich und kollegial. Zur Mittagszeit gab es ein gemeinsames Vesper, das von rauen Scherzen und viel Lachen dominiert wurde. Am Abend fühlte sich Bohdan erschöpft, aber er fühlte sich auch gut. Genau wie Jakub angekündigt hatte, es war eine harte, dafür eine ehrliche Arbeit.

Noch eine weitere Nacht verbrachte Bohdan auf der Matratze in der Küche, und gleich am nächsten Morgen regelte Jakub die Formalitäten mit seinem Vorgesetzten. Bohdan hockte währenddessen vor der Tür des kleinen Häuschens und konnte nur wenig vom Inhalt des Gesprächs aufschnappen. Zweifellos jedoch setzte sich Jakub mit Nachdruck für ihn ein und lobte, wie schnell er lernte. Am Ende ging es um Geld, und Bohdan glaubte zu verstehen, dass Jakub nach einigem Hin und Her vorschlug, die Bezahlung des »jungen Hilfsarbeiters« von seinem eigenen Lohn abzuziehen. Danach fühlte er sich noch mehr in Jakubs Schuld, aber er nahm sich vor, sie mit doppeltem und dreifachem Einsatz wettzumachen. Natürlich unterliefen ihm auch Anfängerfehler, aber wann immer es geschah, gestand er seinen Fehler offen ein und erhielt die Gelegenheit, ihn wieder auszubügeln.

Beim Imbiss erwähnte Jakub, dass Bohdan kein Zuhause habe. woraufhin Jiri, der in der Messwarte arbeitete, sprang darauf an und sagte, seine Frau und er hätten ein ungenutztes Zimmer in ihrer Wohnung. Jakub streckte Bohdans ersten Lohn vor, und schon hatte er eine eigene Unterkunft.

Jiri und seine Frau waren ein stilles, kinderloses Paar. Sie ließen Bohdan in Ruhe, nur zum Abendessen luden sie ihn regelmäßig an den Tisch ein. Das Beste an Bohdans Zimmer war, dass es über einen separaten Eingang verfügte – so war er frei, unbemerkt zu kommen und zu gehen, wie es ihm beliebte. Diese Freiheit kam ihm momentan vor allem gefühlsmäßig entgegen; nach einem gewöhnlichen Arbeitstag fiel er meist erschlagen direkt ins schmale Bett. Und an den Sonntagen, den einzigen freien Tagen, wusste er gar nicht recht, was er mit sich anfangen sollte. Manchmal streifte er ein wenig durch das Arbeiterviertel, gewöhnlich jedoch suchte er sich ein Buch aus dem Regal im Wohnzimmer aus – was Jiri ihm erlaubt hatte – und verzog sich damit in den Innenhof, wo er, auf einer Bank liegend, las, bis ihm die Augen schwer wurden.

Die Wochen vergingen, und obwohl Bohdan sich sein Leben in der Stadt mit dem schillernden Ruf anders, vor allem aufregender vorgestellt hatte, war er zufrieden und auch ein wenig stolz. Er hatte eine Arbeit, die ihm einen kleinen regelmäßigen Lohn einbrachte, ein eigenes Zimmer – und er sparte auf einen Ausweis, der ihn offiziell zu einem Bürger von Prak City machen würde.

Während Bohdan sich an sein neues, anständiges Dasein gewöhnte, braute sich in anderen Vierteln der Stadt ein Sturm zusammen. Alba spürte geradezu körperlich, wie die Wolken über ihr dichter und dunkler wurden. Sie blickte nach oben, aber da war nur die türkisblau gestrichene Decke, durch die sich kleine Risse zogen. Zappa, der neben ihr saß, hatte sie in dieses Lokal gebeten. Es war eines jener Etablissements, die Alba normalerweise nicht besuchte. Der Geruch von Opium hing in der dicken Luft, und verschiedenfarbige Lichter gaukelten vor, dass jedes Separée einen eigenen kleinen Kosmos bildete. Zappas und ihre persönliche Welt war in ein türkisfarbenes Blau getaucht. Zugedröhnt und aphrodisiert war hier sicher ein interessanter Abend möglich, Alba jedoch, die völlig nüchtern war, empfand das Ambiente eher als schäbig und gewollt. Sie trank nie übermäßig, zur

Zeit war sie jedoch besonders wachsam. Niemandem, der über einen gewissen Überblick verfügte, entging, dass es in der Stadt brodelte. Deshalb hatte Viktor ihnen auch empfohlen, das heimische Viertel nur in Begleitung zu verlassen. Marek, dieser unverbesserliche Baichi, hatte die Warnungen vorhersehbarerweise in den Wind geschlagen und zog mit falschen Freunden, die nicht Teil der Organisation waren, im Zentrum um die Häuser. Sollte er doch, dachte Alba. Sie war nicht seine Aufpasserin. Selbst wenn ihm etwas zustieße, wäre das kein großer Verlust für die Fanta. Vielleicht nicht für das Haus, stoppte sie ihre morbiden Gedanken, aber Viktor würde es das Herz brechen.

Ein Mädchen stellte ihnen die geordneten Getränke auf den niedrigen, runden Tisch.

»Bist du neu hier?«, fragte Zappa das Mädchen, das seine dunkelblonden Haare zu einem langen Zopf geflochten hatte.

Das Kind schaute scheu zu Boden, die Erwiderung fiel allerdings weniger scheu aus: »Ja, ich arbeite erst seit zwei Wochen im *Traumfänger*. Wir haben uns allerdings schon einmal gesehen. Vor zwei Tagen erst habe ich Sie bedient.«

»Ach, richtig«, sagte Zappa. »Wie heißt du?«

»Tereza«, stellte sich das Mädchen vor. »Haben Sie noch einen Wunsch?«

»Nein. Danke, Tereza«, entgegnete Zappa, und das Mädchen huschte zum nächsten Separée.

Als es außer Hörweite war, spitzte Alba die Lippen. »Ist sie das?«

Zappa nickte. »Du magst die Kleine für unscheinbar halten, aber das gehört zu ihrer Masche. Ich habe mit dem Geschäftsführer gesprochen und nach ihrer Einstellung gefragt. Er hat gesagt, sie sei vor Kurzem vor seiner Tür gestanden und habe ihn um den Finger gewickelt. Er habe gar keine andere Wahl gehabt, als ihr einen Job anzubieten.« Ein Muskel zuckte an Zappas Wange. »Ich denke, sie hat ihn manipuliert, magisch manipuliert. Und«, fuhr er fort, »hast du den Ring an ihrem Mittelfinger bemerkt?«

Alba nickte. Das kleine silberne Schmuckstück mit dem grünen Stein war ihr tatsächlich aufgefallen. »Sie könnte eine Spionin sein«, gab Alba zu bedenken.

»Möglich, aber nicht sehr wahrscheinlich«, konterte Zappa. »Ich vermute eher, sie ist auf der Flucht.« Ein schlaues Lächeln huschte über sein Gesicht. »Erinnerst du dich an den Bericht über die Vorfälle in Stone Town? Zwei Schüler sind der Baronesse entwischt, ein Junge und ein Mädchen …«

Alba war noch immer argwöhnisch. »Und wenn die Flucht nur inszeniert war? Das Mädchen könnte eine Spionin der Baronesse sein.« Sie massierte sich die Schläfen und sah ein, dass dieser Verdacht weit hergeholt war. Der Bericht ihrer eigenen Spione, fiel ihr

ein, hatte so gar nicht nach einer Inszenierung geklungen. Die Baronesse war niedergerungen worden,
so dass es andere gesehen hatten. Einen solchen Ge-
sichtsverlust für eine Täuschung in Kauf zu nehmen,
traute sie der hochnäsigen Herrin von Stone Town
nicht zu. »Du willst sie also in unsere Organisation
einführen?«, fragte Alba.

»Zunächst einmal würde ich sie testen, sofern du
deine Zustimmung gibst«, erwiderte Zappa. »Erweist
sie sich als geeignet, würde ich – mit deiner und
Viktors Billigung, versteht sich – ihre Ausbildung
fortsetzen. Sie könnte uns gerade in diesen unruhigen
Zeiten sehr nützlich sein. Du weißt selbst, wie selten
diese Gabe ist.«

Alba musterte stirnrunzelnd das Mädchen, das mit
einem vollen Tablett von der Bar kam. Wie konnte sie
nein sagen? Hätte damals Viktor nicht ihr Potenzial
erkannt und ihr eine Chance gegeben, wäre sie jetzt
vermutlich eine Bettlerin oder eine Prostituierte.

»Einverstanden«, sagte sie widerwillig, »teste sie,
dann sehen wir weiter.«

3. Kapitel

Es war ein nebliger Morgen. Der Rauch, der aus den Schloten quoll, mischte sich mit den Dunstschwaden, die ein sanfter Wind vom Fluss her über die Raffinerie trieb.

Bohdan hatte sich an den Geschmack von Kaffee gewöhnt. Ein Löffel Zucker vertrieb die Bitterkeit, und das schwarze Getränk machte wach oder hielt einen munter. Er stellte seine Tasse neben die von Jakub und nahm von ihm den schweren, gläsernen Probenbehälter entgegen. Bohdan kontrollierte routinemäßig den Füllstand. Die gelblich-cremefarbene Flüssigkeit reichte bis zur 900 Milliliter-Markierung. Das war mehr als ausreichend. Er nahm die Probe unter den Arm und wollte sich eben auf den Weg ins Labor machen, als ihm ein untersetzter Mann auffiel, den er noch nie auf dem Gelände gesehen hatte. Nun, er kannte zwar die meisten Arbeiter, aber sicher nicht alle. Dennoch, etwas ließ ihn den Mann weiter beobachten, während er ging. Einen Moment lang schien es Bohdan, der Mann müsse sich orientieren. Und er vermochte nicht zu sagen warum, aber etwas an der Gestalt ließ Bohdan an Nintendo denken. Er musste lächeln. Seine Begegnung mit dem Verrückten in der Kanalisation war gefühlt schon so lange her.

Den Rest des Weges sprintete er, darauf bedacht, nicht zu stolpern. Schwer atmend überreichte er dem hageren Stepan die Probe, der sogleich mit dem Analyseverfahren begann. Er schüttete die Probe vorsichtig durch einen Trichter auf verschiedene Teststreifen, mischte Pulver hinzu, schüttelte und betrachtete die Verfärbungen.

»Sieht gut aus«, sagte er endlich, »etwas mehr Hitze, aber nicht mehr als zehn Grad.«

»Alles klar«, erwiderte Bohdan, »ich geb's an Jakub weiter.«

Gutgelaunt wusch Bohdan den Behälter unter fließendem Wasser ab und machte sich auf den Rückweg zur Destillationskolonne.

Wieder dieser merkwürdige Mann! Und jetzt rannte er, als wäre eine Horde Urkwardas hinter ihm her. Bohdan verstand nicht, er sah dem Fliehenden nach – und dann geschah es: Ein ohrenbetäubender Knall zerriss die Morgenluft.

Die Druckwelle der Explosion musste ihn zu Boden geworfen haben. Kurz war Bohdan geblendet. Funken tanzten vor seinen Augen. Schlagartig begriff er: *Ein Anschlag!* Dieser Mann, der sich so verdächtig verhalten hatte. Er hatte einen Sprengsatz unter der Kolonne angebracht. Oben aus dem Turm loderten Flammen, die linke untere Seite war aufgerissen. Die Destilationskolonne neigte sich, gleich würde sie umstürzen. Bohdan schauderte. Sie würde auf die

Stabilisierungskolonne treffen und dadurch die gesamte Raffinerie in Brand stecken. Auf dem Boden lag eine verkrümmte Gestalt, die versuchte, sich aufzurichten. Es war Jakub!

Die brennende Kolonne würde ihn zerquetschen. Das durfte er nicht zulassen! Bohdan konzentrierte sich. Mit all seiner mentalen Kraft stemmte er sich gegen die Kolonne, die sich in eine einzige Flammensäule verwandelt hatte. Bohdan brach der Schweiß aus, sein Herz raste unnatürlich schnell, aber es gelang ihm, den Sturz aufzuhalten. Mit einem letzten Kraftakt stieß er den Flammenturm in die Gegenrichtung, wo er höchstens mit der Spitze den Entsalzer treffen würde. Donnernd ging er nieder, Flammen schossen hoch in die Luft, dann nahm Bohdan nichts mehr wahr. Der Tribut übermannte ihn und riss ihn in eine jähe schwarze Ohnmacht.

Er konnte nicht sagen, wie lange er weg gewesen war. Er öffnete die Augen, nur um sie sofort wieder zu schließen. Der Schmerz in seinem Kopf war überwältigend. Ihm war übel. Er musste sich übergeben, doch es kam nur saure Galle.

»Is ja gut, Boh«, sagte eine Stimme, die ihm vertraut war, die er aber dennoch nicht zuordnen konnte, »Is ja gut. Ruh dich aus.«

Bohdan folgte dem Rat und ließ zu, dass ihn erneut Besinnungslosigkeit überkam.

Als er wieder erwachte, fühlte er sich bereits ein wenig besser. Es gelang ihm, sich aufzurichten und sich umzuschauen. Er hockte auf einer Pritsche, vor ihm befand sich eine breite Fensterfront. Durch die Scheiben sah er hinab auf die Raffinerie, die einem Schlachtfeld ähnelte. Überall waren Männer damit beschäftigt, gegen die Flammen vorzugehen und eine Ausbreitung des Feuers zu verhindern. Bohdan erkannte im vermeintlichen Chaos eine effiziente Ordnung. Die Löschkommandos schienen die Lage im Griff zu haben. Er drehte den Kopf und blickte in das besorgte Gesicht von Jakub. Mit seiner Prankenhand strich er Bohdan sanft über den Rücken.

»Ich weiß nich, wie du das getan hast«, murmelte er, »aber du hast mich und die ganze Raffinerie gerettet.«

Erst jetzt bemerkte Bohdan die beiden anderen Personen im Raum. Ein breiter Mann mit einem langen Bart stand an die Wand gelehnt, neben ihm ein zweiter, jüngerer Mann, der dem anderen trotz der wesentlich geringeren Körpermasse ähnlich sah.

»Ach«, versuchte Bohdan flüsternd abzuwiegeln, »das war reiner Nachhall. Vielleicht ein plötzlicher Windstoß.« Er klang nicht einmal in seinen eigenen Ohren überzeugend.

»Es war kein Nachhall«, widersprach Jakub leise und ernst. »Du warst das.«

»Dann sind wir eben quitt«, sagte Bohdan. »Könntest du mich jetzt bitte nach Hause bringen?«

Jakub lächelte freundlich und meinte in beruhigendem Tonfall: »Der Taipan kommt gleich. Auch er will dir seinen Dank aussprechen.«

Wer oder was ist ein Taipan?, fragte sich Bohdan und musterte die beiden schweigenden Männer. Jakub folgte seinem Blick. »Das sind Vojtech und Matej«, stellte er die beiden vor, »sie sind die Söhne des Taipan.«

»Freut uns, dich kennenzulernen«, sagte der breitere, Vojtech.

»Ja«, bekräftigte Matej, »du brauchst dir keine Sorgen zu machen. Es ist eine Ehre, dass unser Vater dich besuchen kommt. Er wird dich belohnen.«

Aber Bohdan wollte keine Belohnung, und er machte sich durchaus Sorgen. Er hatte seine Gabe verborgen gehalten und war gut damit gefahren. Erst jetzt, da es ihm zu entgleiten drohte, wurde ihm klar, wie sehr er das einfache Leben zu schätzen gelernt hatte. Seufzend entließ er die Luft aus seinen Lungen.

Schritte waren zu hören, und dann ging die Tür auf. Bohdan konnte nicht sagen, was er sich unter einem Taipan vorgestellt hatte, definitiv jedoch nicht den Mann, der eintrat. Er war groß und kräftig gebaut und hatte graue Haare mit tiefen Geheimratsecken. Von seinem maßgeschneiderten grauen Anzug abgesehen, vermittelte er eher den Eindruck eines einfachen Arbeiters. Er hatte Schwielen an den Händen, eine schräge Narbe am rechten Mundwinkel, und er roch so intensiv nach Öl und Schweiß, wie Bohdan es von Jiri gewohnt war. Die beiden Söhne neigten respektvoll den Kopf. Jakub mühte sich auf die Beine und verbeugte sich tief.

Der Taipan erwiderte die Begrüßungen mit einem knappen Nicken, dann fiel sein gestresst wirkender Blick direkt auf Bohdan. »Du bist also der Wunderknabe, der meine Raffinerie vor dem Schlimmsten bewahrt hat?«, fragte er mit tiefer Stimme.

Bohdan spürte einen Kloß in seinem Hals. »Ich … ähm …«

»Entspann dich«, befahl der Taipan in ziemlich unentspanntem Tonfall, »du bist unter Freunden. Wie heißt du?«

»Boh«, sagte Bohdan verlegen.

Der Taipan kam mit zwei großen Schritten auf ihn zu, grinste breit und streckte ihm seine Hand entgegen. »Ich bin Pavel, Oberhaupt der Wulda.« Obwohl er offensichtlich versuchte, freundlich zu sein, erinnerte seine Stimme an Donnergrollen.

Bohdan ergriff die Hand und erwartete, dass seine eigene gleich wie in einem Schraubstock zerquetscht würde. Aber der Händedruck des Taipan war überraschend behutsam, warm und feucht.

»Ich sehe, du bist noch ganz durch den Wind«, meinte der Taipan stirnrunzelnd. »Erhol dich erst einmal, wir unterhalten uns morgen.« Schon wandte er sich ab und grollte in Richtung seiner Söhne:

»Vojtech, Matej, ihr kommt mit mir. Wir haben viel zu bereden.«

Und damit verließen die drei den Raum und ließen Jakub und Bohdan allein zurück.

»Als du ohnmächtig warst«, informierte Jakub Bohdan, »hat dich ein Doktor untersucht, der Leibarzt des Taipan. Er meinte, dir fehlt nichts Ernsthaftes. Ich kann hier bei dir bleiben …«

Bohdan widersprach: »Nein, nein, es geht schon. Ich will nach Hause.« Er sagte es, obwohl er wusste, dass er kein Zuhause mehr hatte. Er wollte noch eine Nacht lang so tun, als ob sich sein Leben nicht schon wieder von Grund auf änderte.

***

»Es handelt sich wohl kaum um einen Zufall.« Matej spielte auf den Überfall auf das Frachtschiff vor drei Tagen an. Alle Männer waren getötet und das Schiff war versenkt worden. Der Taipan hatte entschieden, den Vorfall so lange wie möglich geheimzuhalten. Zugleich war ein Trupp ausgeschickt worden, den verbrecherischen Akt zu untersuchen. Die Untersuchung hatte rasch ergeben, dass der Überfall von einem Stamm Wilder durchgeführt worden war. Ondrej, der den Untersuchungstrupp leitete, war ein gerissener Mann, der schon lange dem Taipan diente. Auf eigene Faust hatte er entschieden, den Spuren der

Räuber zu folgen und im Schlaf eine Nachhut zu überraschen. Von den zwei Gefangenen, die gemacht werden konnten, war einer auf dem Rückweg verblutet, der andere hatte weniger Glück gehabt.

Der Taipan kniff die Augen zusammen und sagte mit kalter Wut: »Nein, die zwei Attacken gegen uns sind gewiss nicht auf einen Zufall zurückzuführen. Wurde der Gefangene vorbereitet?«

»Ja, Vater«, erwiderte Matej, wobei er sich sein Unbehagen kaum anmerken ließ.

»Gut«, sagte der Taipan, »finden wir heraus, wer wirklich hinter den Anschlägen steckt.«

Zu dritt gingen sie durch das für ihre Zwecke umgestaltete ehemalige Einkaufszentrum, das dem Klan der Wulda als Hauptquartier diente. Für Außenstehende mochte das Herz des Gebäudes wie eine schlecht aufgeräumte Rumpelkammer wirken. Für Eingeweihte hingegen, die den Sinn der fertiggestellten und der noch in Konstruktion befindenden Apparaturen kannten, war es eine Schatzkammer von unermesslichem Wert. Kabel und Schaltkreise bedeckten die Böden der einstigen Ladenflächen, überall Metall, anderes Arbeitsmaterial und Werkzeuge, die zu groß waren, als dass man sie sich in den Gürtel oder sonst wo an den Leib hätte stecken können.

Chefmechaniker und Ingenieure sahen auf und grüßten die drei. Heute grüßte der Taipan lediglich knapp zurück und fragte nicht, wie sie mit ihren jeweiligen Projekten vorankamen. Sein Gemüt war düster wie lange nicht mehr. Schließlich erreichten sie eine verschlossene Stahltür. Der Taipan drückte seinen Daumen auf den Scanner, die drei verborgenen Schlösser knackten, und die Tür schwang auf. Kurz erschrak er vor sich selbst, als er den grausamen Mechanismus erblickte, den er nach einer mittelalterlichen Skizze selbst entworfen und verbessert hatte. Aber sein Schrecken wich eisiger Entschlossenheit.

»Lasst mich mit ihm allein«, befahl er seinen Söhnen.

Sie hatten die Vorbereitungen getroffen, sie mussten nicht sehen, was geschehen würde, wenn die Folterapparatur ihren Dienst aufnahm. Matej reagierte verzögert, aber auch er wandte sich ab und verließ den Raum. Hallend fiel die Tür in die Schlösser.

Im Gegensatz zu den anderen Räumen im Hauptquartier der Wulda war dieser vollkommen kahl, der Boden so sauber, dass man davon hätte essen können. Der Taipan stellte sich mit zwei Schritten vor die Bedienkonsole, und dann sah er auf. Wieso hatte ihm niemand gesagt, dass es sich bei dem Gefangenen um eine Frau handelte? Nun, es spielte keine Rolle. Es musste getan werden. Selbst wenn sie vernünftig war – worauf ihr trotziger Gesichtsausdruck nicht hoffen ließ –, würde er dennoch auf Nummer Sicher gehen müssen. Ihre Blicke trafen sich, sie hielt seinem mit dem Mut der Verzweiflung stand.

»Du sprichst unsere Sprache?«, fragte der Taipan.

Die Frau spuckte ihm entgegen.

Der Taipan drückte einen Knopf, und die Apparatur erwachte zum Leben. *Judaswiege* nannte sich das technische Monstrum. Die nackte Frau hing, von Ketten festgehalten, über einer stählernen Pyramide, deren Spitze auf ihren Unterleib deutete. Der Taipan drehte an einem Regler, und die Ketten zwangen den Körper der Frau hinab. Jetzt begriff sie, was sie erwartete, und sie schrie laut und schrill auf. Ihre gespreizte Scham erregte den Taipan. Er kämpfte die Erregung nieder. Er war ein anständiger Mann, der nur tat, was getan werden musste; er durfte hierbei keine Lust empfinden.

Als eine gute Handbreit der Pyramide im Anus der Frau verschwunden war, stoppte er den Vorgang.

»Ich mache das hier nicht gern«, erklärte der Taipan ernst. »Sag mir nur, wer euch den Auftrag erteilt hat, das Frachtschiff zu überfallen.«

Die Frau versuchte sich zu winden, aber die Ketten hielten sie in Position.

»Verfluchter Kotfresser!«, schrie sie ihm mit starkem Akzent aus zusammengepressten Zähnen entgegen.

Der Taipan schüttelte bedauernd den Kopf und drehte erneut an dem Regler.

Die Schreie wurden noch schriller, erinnerten an die eines verwundeten Tiers, ehe sie in Winseln übergingen. Der Taipan stoppte die Maschine. Die Pyramide war nun zwei Handbreit tief in die Frau eingedrungen. Sie murmelte etwas Unverständliches.

»Wie bitte, was sagst du?«, hakte der Taipan nach.

Die Frau hob den Kopf an. Die Adern am Hals traten deutlich hervor. Ihre Miene war eine einzige zerquälte Fratze. Sie stammelte: »Vsul treffen Tabo… Taboriten und Fa… Fa… Fanta, bevor …« Sie brach ab, und ihr Kopf fiel nach hinten.

Die Hände des Taipan ballten sich zu Fäusten. Er hatte, was er wollte. Die Taboriten und die Fanta hatten also ein Bündnis geschlossen. Er selbst hatte sich ebenfalls abgesichert, aber sie hatten den Krieg begonnen. Heimtückisch, verschlagen und niederträchtig hatten sie ihn zweimal in kurzer Zeit dort getroffen, wo es wehtat. Oh, er würde es ihnen mit gleicher Münze heimzahlen. Der Zorn übermannte ihn, und er drehte am Regler. Der Anblick war grauenerregend, aber der Taipan hielt ihm stand, bis es zu Ende war.

Mit dem Ärmel wischte er sich die Blutspritzer von der Stirn. Jetzt war es an der Zeit, das eigene Bündnis zu stärken und einen Gegenschlag vorzubereiten.

***

Ein nachdrückliches Pochen gegen die Tür ließ Bohdan aus seinen feuerroten Alpträumen hochfahren. Mit vom Schlaf verklebten Augen sah er sich im Raum um. Seine Nase spielte ihm nur einen Streich, hier schwelte nichts. Er gönnte sich einen Augenblick, in dem er sortierte, was Traum gewesen und was Realität war. Der pochende Schmerz in seinem Kopf war einem leichten Ziehen hinter den Schläfen gewichen. Das waren bloß die Nachwehen, er hatte den Tribut überstanden.

Er schlüpfte in seine Hose und ging zur Tür, gegen die es erneut klopfte. Ein Bär von einem Mann stand davor. Ein schwarzer Anzug spannte sich über die einschüchternde Statur, die von einem freundlichen Grinsen kontrastiert wurde.

»Du bist Bohdan?«, fragte er.

Bohdan nickte.

»Der Taipan will dich sprechen. Du sollst dein Hab und Gut einpacken.«

Bohdan fügte sich. Er raffte seine wenigen Besitztümer in eine Umhängetasche und zog sich Hemd und Schuhe an, während der Leibwächter auf der Schwelle wartete.

»Ich bin so weit«, sagte Bohdan, und der Leibwächter ging ihm voraus die Treppe hinunter. Vor der Haustür parkten drei schwarze Limousinen. Bohdan sah noch einmal nach oben zu seiner Bleibe. Er hatte sich nicht einmal von Jiri und seiner Frau verabschiedet. Der hünenhafte Mann hielt ihm die Tür der mittleren Limousine auf, und Bohdan stieg seufzend ein.

»Es ist mir eine Freude, dich wiederzusehen«, sagte der Taipan, während der Wagen Fahrt aufnahm.

»Wo fahren wir hin?«, fragte Bohdan.

Der Taipan – *Pavel*, wie Bohdan sich erinnerte – fuhr sich mit einem dicken Daumen über die Lippen, ehe er antwortete: »Das hängt von dir ab, mein junger Freund.«

»Wie meint Ihr das?«, wollte Bohdan wissen.

Der Taipan wandte sich ihm zu, und Bohdan erkannte, auch ohne seine Aura zu lesen, die Sorgen, die ihn plagten.

»Ich habe mich gestern mit einem Partner getroffen«, erklärte Pavel offen. »Als ich ihm berichtete, dass du die Raffinerie vor dem Schlimmsten bewahrt hast und wie du es getan hast, wurde er hellhörig. Ich sagte ihm auch, dass ich nicht wüsste, wie ich mich angemessen bei dir revanchieren könnte, woraufhin er einen Vorschlag unterbreitet hat.«

Bohdan spürte, wie er sich versteifte. Er atmete durch und entspannte sich wieder ein wenig. Der Taipan wollte ihm nichts Übles, im Gegenteil, er wollte ihn belohnen.

»Darf ich fragen, wer dieser Partner ist?«

»Natürlich darfst du«, erwiderte der Taipan und kurz vertrieb ein Lächeln die Sorgen auf seiner

Miene. »Sein Name ist Karel Kovar und er ist das Oberhaupt des Hauses Nepomuk. Er hat Macht und Einfluss; ein integrer Mann, leider mit einem Hang zur Pedanterie.«

Der Taipan nahm eine Zigarre aus einem goldenen Etui, steckte sie sich in den Mund, zündete sie mit einem seltsamen kleinen Kasten, aus dem eine Flamme aufstieg, an und ließ das Fenster ein Stück herunter.

»Aber Karel Kovar«, fuhr er fort, »wird für dich kaum von großer Bedeutung sein – sofern du dich entschließt, die Einladung der Nepomuk anzunehmen.« Er paffte zwei Ringe in die Luft. »Interessanter dürfte für dich ein anderer Mann sein, nämlich der Blinde Nathan. Ich will dir nichts vorenthalten, der Blinde Nathan ist ein Fanatiker.« Ein weiterer Rauchring waberte durch die Luft. »Auf der anderen Seite ist er auch ein äußerst fähiger Mushanti, von dem du viel lernen könntest.«

Bohdan ging das alles zu schnell. Er hatte schon Mühe damit, sich die Namen zu merken.

»Was ist ein Fanatiker?«, fragte er. »Und wieso nennt man ihn den *Blinden* Nathan?«

Wieder dieses gutmütige Lächeln auf dem Gesicht des Taipan, das aufgrund der Narbe am rechten Mundwinkel stets etwas schief wirkte. »Ein Fanatiker ist jemand, der etwas stärker will, als es gesund für ihn wäre.« Der Taipan schnaubte. »Jetzt frag mich bloß nicht, was er so unbedingt will. Ich bin schließlich

kein Mushanti. Und wie er zu seinem Namen kam …
nja, da gibt es verschiedene Legenden. Eine lautet, er
habe sich selbst das Augenlicht genommen, als selbst-
auferlegte Strafe dafür, dass er die Häuser gewechselt
hat. Er gehörte nämlich früher einmal den Tanach an.
Diese Erklärung für seine Blindheit hat mir persönlich immer am besten gefallen.«

Bohdan wurde mulmig zumute. Schließlich stand er
auch im Begriff, die Häuser zu wechseln. Aber was
sollte er sonst tun? Das Angebot war verlockend. Er
würde wieder einen Mentor haben – und ganz gleich,
wie fanatisch dieser Blinde war, schlimmer als die
Baronesse konnte er kaum sein. Dennoch die ganze
Sache schmeckte ihm nicht.

»Muss ich mich auch bestrafen?«, fragte er.

»Unsinn!«, erwiderte der Taipan mit Nachdruck.
»Du hast mir keinen Treueid geleistet. Ich stehe in
deiner Schuld, nicht umgekehrt. Und wenn du jemals
zurückkehren wolltest, wärst du bei den Wulda immer
herzlich willkommen.« Der Taipan drückte die Zigarre außen am Fenster aus und schob den Stummel
in die Brusttasche seines Sakkos. »Also, wohin fahren
wir?«

»Zu den Nepomuk«, sagte Bohdan bestimmter als
er sich fühlte. Er durfte diese Chance nicht in den
Wind blasen. Sollte sich sein ungutes Bauchgefühl als
begründet erweisen, konnte er immer noch zu den

Wulda zurückkehren; das hatte ihm der Taipan gerade versprochen.

Dieser nickte ernst. »Du bist ein feiner Junge. Ich bedaure, dass du uns verlässt, aber es ist die richtige Entscheidung.« Der Taipan klopfte an das Schiebedach, das den Fahrer von ihnen trennte. Es fuhr ein Stück herunter, und der Taipan sagte: »Zum Klementinum.«

Das Klementinum war ein gigantischer Gebäudekomplex. Ein grünes Kuppeldach überragte die hohen, von Figuren bevölkerten Dächer. Die drei Limousinen hielten vor einem steinernen Spitzbogen, der so groß war, dass Bohdan der Gedanke kam, er müsse für Riesen gebaut worden sein. Er packte seine Umhängetasche, stieg aus und sah sich um. Gleich fiel ihm eine Statue auf einem Sockel ins Auge, die mit Umhang und Krone auf dem Haupt wohl einen alten König oder Herrscher darstellte. Dahinter stand ein mächtiger, quadratischer Turm mit einem riesigen offenen Torbogen und dahinter wiederum …

Bohdan schluckte, plötzlich wusste er, wo er sich befand. Nämlich auf der anderen Seite der langen Brücke, an der er bei seiner Ankunft in der Stadt abgewiesen worden war. Erst jetzt fielen ihm die Worte von Nintendo wieder ein: *Die Nepomuk hast du schon kennengelernt. Sie gebieten über den westlichen Teil der Stadt und die Brücke.* Die Brückenwächter! Ausgerechnet diesem Haus sollte er sich anschließen? Hätte sein verfluchtes Gehirn diese Verbindung früher hergestellt, hätte er sich die ganze Sache noch einmal durch den Kopf gehen lassen. Nun jedoch konnte er keinen Rückzieher mehr machen.

Der Taipan legte ihm sacht eine Pranke auf die Schulter, und Bohdan kehrte in die ihn umgebende Wirklichkeit zurück. Eine Flügeltür hatte sich geöffnet, und drei Gestalten in Anzügen trippelten eilig die Stufen hinab. Bohdan atmete erleichtert auf. Die drei Personen wiesen keinerlei Ähnlichkeit mit den Brückenwächtern in Kampfmontur auf, die ihn damals so grob verscheucht hatten, weil er keinen Ausweis und kein Geld bei sich gehabt hatte.

Bohdan wandte sich an den Taipan. Die drei Männer waren noch nicht in Hörweite. Leise fragte er: »Was wird nun geschehen? Ich meine, nach dem Anschlag auf die Raffinerie?«

Die Miene des Taipan verfinsterte sich.

»Auf jede Aktion folgt eine Reaktion. Aber das soll nicht deine Sorge sein«, fügte er grimmig hinzu, »hier bist du in Sicherheit.«

Damit ging er mit großen Schritten auf das Empfangskomitee zu.

»Mach's gut, mein Junge«, sagte er noch über die Schulter hinweg, dann streckte er einem hageren Mann mit aalglatten Zügen die Hand entgegen.

Dessen Begleiter auf der Linken – ein Mann in Nadelstreifenanzug und mit einem blassen, strengen Gesicht – löste sich von den beiden anderen und kam auf Bohdan zu.

»Ich bin Ilja«, stellte er sich knapp vor, »ich bringe dich zu Meister Nathan. Er erwartet dich bereits.«

Bohdan schluckte und nickte. Er folgte Ilja zum Tor. Ehe sie hindurchgingen, blickte er noch einmal zurück. Die Leibwächter des Taipan waren aus den Limousinen ausgestiegen und bildeten eine abschirmende Traube um die beiden Anführer, die sich nun unterhielten. Bohdan erkannte noch die unterdrückte Wut im Ausdruck des Taipans, dann musste er nach vorne sehen, um nicht über die Schwelle zu stolpern.

Sie betraten eine langgestreckte Halle, deren Decke ein verspieltes Muster aus Figuren und Schnörkeln überzog. Durch große, oben halbrunde Fenster fiel warmes Licht auf den glatten Steinboden, der ihre Schritte durch das alte Gemäuer hallen ließ. An den Wänden standen Holzregale, in denen unzählige Bücher standen. Bohdan fiel die akribische Ordnung auf. Die Buchrücken standen nach Größe und Farbe geordnet, in Reih und Glied, wie disziplinierte Soldaten. Die Stirnseite der Halle dominierte ein riesiges Gemälde, das die gesamte Wand ausfüllte. Es zeigte eine Bohdan unbekannte Szene. Männer in blauen und roten Tuniken kletterten Säulen eines Tempels empor.

Darunter saßen weitere Männer an einer langen Tafel beisammen.

Bohdans Führer bemerkte seinen Blick, sagte jedoch nichts, sondern ging zu einem Regel rechts unterhalb des Gemäldes und tippte in schneller Folge an verschiedene Buchrücken. Er trat zwei Schritte zurück und wartete. Das Geräusch versteckter Scharniere war zu vernehmen, dann schob sich das Regal zur Seite, um einen Gang freizugeben.

Ilja nahm eine Laterne in die Hand und stieg vor Bohdan eine Wendeltreppe hinab. Bohdan hatte aufgehört die Stufen zu zählen, der Abstieg erschien ihm endlos. Sie mussten sich tief unter der Stadt befinden, als die Treppe endlich in einem feuchten Gewölbekeller mündete. Ilja wies mit dem Kinn auf die einzige Tür im Raum. Sie war schlicht, aus Holz und besaß eine gusseiserne Klinke. Bohdan nahm seinen Mut zusammen und ging darauf zu. Er widerstand dem Impuls, sich umzuwenden und Ilja um die Laterne zu bitten. Sein Herz schlug ihm bis zum Hals, als er die Hand auf die kalte Klinke legte und sie nach unten drückte.

Rabenschwarze Finsternis umfing ihn. Er machte drei zögerliche Schritte in die Dunkelheit und fuhr zusammen, weil die Tür hinter ihm zuflog. Seine Augen waren ihm hier keine Hilfe. Er musste sich auf seine anderen Sinne verlassen. In der Luft, die in diesem Raum kein bisschen mehr feucht war, sondern im Gegenteil so trocken, dass sie die Lippen spröde machte, hing eine leicht säuerliche Note. So sehr Bohdan sich auch anstrengte, Geräusche nahm er keine wahr. Es herrschte eine gespenstische, durch Mark und Bein gehende Stille, dennoch hatte er den Eindruck, dass sich ihm etwas näherte, sich lautlos an ihn heranschlich. Er spannte die Muskeln an, wappnete sich für einen Angriff.

Doch eine Attacke blieb aus, stattdessen durchbrach eine kratzige Stimme jäh die Stille: »Habe keine Angst, Bohdan, ehemaliger Schüler von Madame Moreau. Angst hat noch keinem Mushanti geholfen.«

»Ich habe keine Angst«, behauptete Bohdan, während er versuchte herauszufinden, woher die Stimme kam. Seltsamerweise konnte er sie keiner Richtung zuordnen.

»Es gibt eine Kerze in diesem Raum«, sagte die Stimme, die nur dem Blinden Nathan gehören konnte. »Finde sie.«

Bohdan streckte die Arme aus und wollte sich durch die Dunkelheit tasten, die ihm wie eine feste Masse vorkam, doch die Stimme wies ihn zurecht: »Nicht so, du Narr! Benutze deine Kraft.«

Was für ein merkwürdiger Empfang. Aber er hatte keine andere Wahl, als das Spiel mitzuspielen. Er ließ sich in die Hocke nieder, löste den Knoten in seinem Magen auf, richtete seine Aufmerksamkeit erst nach innen, um dann mit der Kraft hinauszugreifen. Einer schwebenden Hand gleich glitten seine Sinne durch den Raum, bis sie Wachs und einen Docht auf etwas Hölzernem erspürten. Er hatte die Kerze gefunden.

»Gut«, sagte der Blinde Nathan, »und jetzt entzünde sie.«

Bohdan erinnerte sich an die Übungen mit der Baronesse in der Blockhütte. Er visualisierte die Kerze. Als er sie deutlich vor sich sah, gab er den Befehl – doch nichts geschah. Er versuchte es erneut, aber der Erfolg blieb aus. Das Bild verschwamm, er verlor den Bezug und seine Konzentration fiel in sich zusammen.

»Ich …« stammelte er, »ich kann es nicht.«

»Ja«, stimmte Nathan zu, »du vermagst es nicht, weil du bislang einem krummen Pfad gefolgt bist. Angelique Moreau ist eine Epigone.« Nun klang deutlich Verachtung aus der Stimme. »Sie hat die reine Lehre ihres Meisters verwässert und es gewagt, heilige Worte für ihre Zwecke zu missbrauchen. In dir, ihrem Schüler, zeigt sich, wie gering und stümperhaft ihre Kenntnisse sind.«

Bohdan war sich da nicht so sicher. Er hatte mit eigenen Augen gesehen, wozu sie in der Lage war, und ihm war auch bewusst, dass sie nur einen sehr geringen Teil ihres Wissens und ihrer Macht mit ihm und Danija geteilt hatte.

»Zurück zur Kerze«, sagte Nathan, der für Bohdan immer noch gesichtslos war. »Du musst sie nicht zwingen, ihr nicht befehlen. Wenn du ihren wahren Namen kennst, braucht es nicht mehr, als sie an ihr Wesen zu erinnern. Ihr Wesen ist es *zu brennen.*«

Und dann sagte Nathans Stimme etwas, das sich für Bohdan anhörte wie »NER'ESCH«, aber die Stimme war körperlos, so laut, dass sie in Bohdans Schädel dröhnte, zugleich so leise, dass sie einem Flüstern im Wind glich, und sofort hatte er das fremdartige Wort wieder vergessen. Die Kerze flammte auf. In ihrem flackernden Schein nahm der Raum Konturen an. Nathan saß auf einer Art Sofa, eingerahmt von zwei mit Folianten vollgestopften Regalen.

Aus irgendeinem Grund hatte Bohdan sich sein Gegenüber älter vorgestellt, aber Nathan war nicht älter als fünfzig Regenzeiten. Er saß aufrecht, die nackten Füße standen parallel nebeneinander auf dem Boden, die Hände lagen mit den Handflächen nach oben auf seinen Schenkeln. Er trug eine leichte weiße Hose und ein ebenso weißes, langärmliges Hemd mit einem V-förmigen Ausschnitt, der einen Teil seiner haarlosen Brust erkennen ließ. Seine Haare waren kurz geschnitten, abgesehen von zwei dünnen, geflochtenen Zöpfen, die hinter den Ohren begannen und bis zu seinem Bauch reichten. Sein ausdrucksloses Gesicht war ein Allerweltsgesicht, nur die Augen fehlten. An ihrer Stelle war vernarbte Haut, die aussah, als hätte sie jemand fahrig zusammengeklebt.

Ein leises Lächeln umspielte Nathans schmalen Mund. »Bohdan von den Free People«, sagte der Mund, wobei sich die Lippen kaum bewegten, »bist du bereit, deiner alten Meisterin abzuschwören, um fortan unter meiner Führung dem Weg der wahren Namen zu folgen?«

Bohdan wunderte sich nicht einmal darüber, dass Nathan wusste, woher er stammte. Dieser Mann war mächtig, vielleicht sogar tatsächlich mächtiger als die Baronesse. Ihr abschwören? – Warum nicht? Er würde die Ausbildung bei ihr niemals fortsetzen. Und er wollte lernen. Ja, jetzt, da er den Meister vor sich sah, erinnerte er sich an seine fast vergessene Neugier. Diese unstillbare Neugier, die ihn dazu getrieben hatte, seine Heimat zu verlassen, und die ihn auf Umwegen bis hierher geführt hatte.

»Ja«, antwortete er inbrünstig, »ich schwöre der Baronesse ab und will von Euch lernen.«

»Gut«, sagte der Blinde Nathan, »gut. Deine Ausbildung beginnt mit diesem Wimpernschlag.« Wieder das leise Lächeln.

An den Humor des neuen Meisters würde sich Bohdan erst noch gewöhnen müssen, ebenso wie an sein augenloses Gesicht.

4. Kapitel

Ransaël strich mit der Hand versonnen über Krishanas nackten Rücken, auf dem Schweißperlen im frühen Tageslicht glitzerten. Sie war so schön, und sie hatten viel zu selten Gelegenheit, ihre Liebe auszuleben. Bei all dem Schmutz und der Hässlichkeit der Welt war Krishana eine Blume von reiner Anmut und Kraft. Sie war das Beste, was ihm je widerfahren war. Schon als Kind hatte er sie geliebt, und sie hatte seine Liebe von Anfang an erwidert. Nein, nicht *erwidert*, korrigierte Ransaël in seinen Gedanken. Ihre Verbindung war nichts Aktives, vielmehr schicksalhafte Tatsache, eine göttliche Wahrheit – ihre Seelen sangen fortwährend ein harmonisches Lied. Sie war seine Cousine und ihre Verlobung somit von ihren Eltern gestattet worden, aber er hätte sie auch geheiratet, wäre sie seine Schwester gewesen. Nichts in dieser schäbigen, materiellen Welt besaß die Macht, sie voneinander zu trennen. Sie gehörten zusammen wie der Mond und der Abendstern. Und wenn sie ihm endlich ein Kind schenken würde, wäre ihr Glück perfekt.

»Was geht dir durch den hübschen Kopf, Geliebter?«, schnurrte Krishana und drehte sich auf die Seite.

»Du, immer nur du«, gab Ransaël flüsternd zurück.

Krishana lächelte geschmeichelt, aber nur kurz, dann sagte sie: »Ich hatte gestern Abend am Grab meiner Mutter eine Begegnung.« Sie schauderte – eine Geste, die sie sich nur vor ihm erlaubte – und fuhr fort: »Eher eine Heimsuchung. Es war zu dunkel, um ihn deutlich zu erkennen, aber ich glaube, es war ein Shedai-nai.«

Ruckartig richtete sich Ransaël im Bett auf. »Was wollte er?«

Krishana sah ihren Geliebten an, sah, wie das Licht durch die großen Fenster auf seine athletische Brust fiel, sah die Sorge auf den feinen Zügen seines glattrasierten, in diesem Moment jungenhaft wirkenden Gesichts. Sie legte ihm beruhigend eine Hand auf die Seite. »Er sprach von einer alten Schuld. Er sagte, er billige unser Tun, verlange jedoch etwas im Gegenzug.«

»Und was will er von uns?«, fragte Ransaël voller Argwohn.

Krishana nahm seine Hand am Gelenk und zog ihren Geliebten wieder zu sich hinab auf den harten Futon.

»Was weißt du über den Schwarzen Reiter?«, gab sie zurück, als er unentspannt neben ihr lag, anstatt seine Frage direkt zu beantworten.

Ransaël fuhr sich irritiert über den Mund. »Nicht viel«, gestand er, »es muss lange her her sein, seit er das letzte Mal in Prak City war. Jedenfalls bin ich mir sicher, dass er keine Legende ist. Es heißt, die Wulda hätten ihm einmal geholfen, als er in Schwierigkeiten steckte. Wieso fragst du nach ihm?«

»Der Shedai-nai hat ihn erwähnt. Seine einzige Bedingung für sein Wohlwollen lautete, dass wir den Schwarzen Reiter festsetzen, wenn wir die Gelegenheit dazu erhalten.«

Allmählich fügten sich die Puzzleteile für Ransaël zusammen, auch wenn das Gesamtbild noch undeutlich vor ihm stand. »Die Wulda werden von uns bedrängt, der Reiter erscheint in der Stadt, um Pavel und seinen zwei hässlichen Gören zu helfen …«

Obwohl sie unter sich waren, senkte Ransaël automatisch die Stimme, als er fortfuhr: »Allerdings, der Überfall auf das Frachtschiff allein stellt noch keine große Not dar. Da müssten wir ihnen schon mehr zusetzen … Immerhin, sollte die Sache sich weiter entwickeln wie bisher und sollten sich die Fanta als vertrauenswürdige Bündnispartner erweisen, handelt es sich bei dem Schwarzen Reiter um den Freund eines Feindes … Es wird also nichts von uns verlangt, was nicht ohnehin in unserem Interesse läge.«

»Dann kennst du den Shedai-nai«, stellte Krishana fest.

»Nicht direkt«, schüttelte Ransaël den Kopf, »aber mein Vater hat mir von ihm und einem alten Pakt mit ihm erzählt.«

Was Ransaël nicht aussprach, um Krishana nicht vor den Kopf zu stoßen, war die Frage, weshalb der Shedai-nai sie und nicht ihn aufgesucht hatte. Was mochte der Grund dafür sein? Sein Unbewusstes kannte die Antwort, das spürte er, sie lag zum Greifen nah, aber er bekam sie nicht zu fassen. Krishana schob einen Schenkel vor, sodass ihr Knie sanft sein Glied berührte.

»Ich will, dass du mich noch einmal beglückst und deine Sorgen vergisst«, sagte sie.

Ransaël seufzte. »Wenn wir doch nur die Tanach auf unsere Seite ziehen könnten, dann stünde es drei gegen zwei, und wir könnten die Dinge auf andere Weise regeln.«

»Ismael wird neutral bleiben«, säuselte Krishana, »daran ist nicht zu rütteln.«

Sie hatte natürlich recht. Das Haus Tanach war das schwächste von allen, dennoch maßte sich ihr Oberhaupt Ismael an, den anderen moralisch überlegen zu sein. Dafür war das Haus Ransaëls und Krishanas, das der Taboriten, ohne jeden Zweifel militärisch am mächtigsten. Keines der anderen war ihnen hinsichtlich der Zahl und der Ausrüstung von Männern in Waffen ebenbürtig.

Ransaël gelang es nicht länger, das Knie an seinem Schritt zu ignorieren. Er fasste Krishana unter der Achsel und schob sich auf sie. Sie lächelte ihn an, als er in sie eindrang, und sie küssten sich.

Krishana sah ihrem Geliebten in wohliger Erschöpfung dabei zu, wie er sich anzog. Es würde ihm guttun, mit den Hunden rauszugehen. Die Tiere und die frische Luft würden ihm den Kopf klarmachen, und er würde mit neuer Energie und Tatkraft zu ihr zurückkehren. Gemeinsam würden sie eine Strategie für die nächste Ratssitzung aushecken, und am Abend würden sie essen gehen.

»In einer Stunde bin ich wieder da«, meinte Ransaël. Er gefiel Krishana in seiner Kluft aus braunem Leder – ein legerer Aufzug, den er nur selten wählte. Sie warf ihm eine Kusshand zu, und er erwiderte die Geste mit einem liebevollen Lächeln.

Als sie allein im Raum war, rekelte und streckte sie sich. Bald würde sie den Bediensteten auftragen, ein Frühstück zu richten, aber nicht gleich. Sie wollte noch ein wenig im Bett lümmeln und die Nachbeben des letzten Aktes genießen. Ihre Hand wanderte zu ihrer Scham, sie presste sie dagegen und rief die noch frischen Bilder und Empfindungen wach.

Die Hunde waren ungewöhnlich unruhig an diesem Morgen. Ransaël sah sich gezwungen, dem Alpharüden Domek einen Klaps hinter die Schlappohren zu verpassen und ihn streng zu maßregeln. Das Tier kniff den Schwanz ein, winselte und sah seinen Herren voller Reue und Ergebenheit aus seinen haselnussbraunen Augen an. Auf dem Weg zu dem kleinen

Stadtpark bemühte sich Ransaël, nicht über Strategien und Plänen zu brüten, doch es gelang ihm nur für kurze Augenblicke. Das Auftauchen des Shedai-nai hatte ihn aus dem Konzept gebracht. Sein Vater hatte ihn angekündigt, als er ihm vor sieben Jahren, kurz vor seinem Tod, die Geschäfte übertragen hatte, aber Ransaël hatte ihn längst vergessen gehabt. War er wirklich ein Verbündeter? Sein Vater hatte ihm geraten, niemals einem Shedai-nai zu vertrauen, andererseits hatte er ihn ermahnt, einen Shedai-nai niemals herauszufordern.

In diese und andere politische Gedanken versunken, bemerkte er die leise anrollende Limousine zu spät. Die Hunde ließen von ihrem tobenden Spiel ab und kamen schnüffelnd zu ihm zurück. Ransaël wandte sich dem schwarzen Wagen zu. Die Fenster wurden heruntergelassen, und Läufe von Maschinenpistolen erschienen. Die Männer, die sie hielten, waren nur schemenhaft zu erkennen. *Nein!*, dachte Ransaël, *Krishana!* Im nächsten Moment zerriss kreischendes Stakkatofeuer die Morgenluft. Mehrere Kugeln bohrten sich schmerzhaft in seinen Leib. Ransaël, das Oberhaupt der Taboriten, verlor den Boden unter den Füßen und fiel. Das letzte, was er hörte, war das Winseln seiner Hunde und die quietschenden Reifen der davonbrausenden Limousine.

Krystof rannte, so schnell er konnte. Als er nicht mehr konnte, blieb er schwer atmend einige rasende Herzschläge an eine Häuserwand gelehnt stehen, dann rannte er weiter. Nach dem Unfall in der Raffinerie hatte er eine schlaflose Nacht verbracht. Erst an diesem Morgen beim Frühstück war ihm durch eine beiläufige Bemerkung von Matej der Gedanke gekommen, dass es sich möglicherweise nicht um höhere Gewalt, sondern um einen Anschlag gehandelt haben könnte. Um seine Tarnung nicht auffliegen zu lassen, hatte er sich krank gemeldet. Vorsichtig darauf achtend, dass ihm niemand folgte, hatte er sich aus dem Bezirk der Wulda geschlichen, und dann war er los gerannt, einmal quer durch die Stadt. Er musste Ransaël, seinem Herren, der ihm vor langer Zeit den Auftrag erteilt hatte, die Wulda zu infiltrieren, Bericht erstatten. Als er losgelaufen war, hatte er noch gezweifelt, ob die Sache es wert war, seine Tarnung zu gefährden, doch mittlerweile fürchtete er das Schlimmste. Da das Feuer im Tageslicht ausgebrochen war, war es vermutlich nicht über die Grenzen des Wuldagebiets hinaus zu sehen gewesen. Dennoch würde sich das Gerücht verbreiten, aber, da der Vorfall offiziell als Unfall galt, mit einer Verzögerung, die schwerwiegende Folgen für sein Haus haben könnte. Ransaël musste Bescheid wissen.

Krystofs Beine waren bereits taub, aber er holte alles aus seinem Körper heraus und erreichte endlich schweißnass das Anwesen seines Herrn. Wachen hielten ihn am Tor auf, und es dauerte quälend lange, bis er sie überzeugt hatte, ihn einzulassen. Er wurde nach Waffen durchsucht, und schließlich führten ihn zwei der Wachen in das kolossale Gebäude aus hellem, massivem Stein. In der Eingangshalle überkam Krystof das vertraute Gefühl von erhabener Ehrfurcht. Er war zu Hause.

Sie gingen eine steinerne, weit ausladende Treppe hinauf, bis sie eine Empore erreichten. Eine Tür öffnete sich, die beiden Wachen verbeugten sich und machten einen Schritt zurück, als ihre Herrin Krishana mit einer Geste zu verstehen gab, dass sie Krystof empfangen wollte.

Sie standen nebeneinander auf der riesigen Terrasse. Krystof hatte getrunken, und mit noch feuchter Kehle hatte er begonnen zu erzählen. Krishana hatte aufmerksam zugehört. Als er seinen Bericht beendet hatte, nickte sie gedankenverloren.

»Danke«, sagte sie. »Du warst immer ein treuer Diener unseres Hauses, und es war die richtige Entscheidung, so rasch wie möglich herzukommen.«

»Wo ist der Herr?«, fragte Krystof mit einem unguten Gefühl in der Magengegend.

»Er ist noch mit den Hunden unterwegs«, erwiderte Krishana. »Er wird bald zurückkehren, und auch er wird dir seinen Dank aussprechen.« Sie legte einen Finger auf die Lippen und fügte hinzu: »Wenn die

Wulda denken, wir wären für den Anschlag auf ihre geliebte Raffinerie verantwortlich …«

»Ja«, stimmte Krystof besorgt zu. Er wusste nicht, von wem der Anschlag in Auftrag gegeben worden war. Wenn Ransaël das Feuer veranlasst hatte, so ging es ihn nichts an. Er stellte die Beschlüsse seines Herrn nicht in Frage. Aber es erschien ihm unwahrscheinlich. Nicht weil man ihn in jedem Fall vorab informiert hätte, sondern aufgrund der Anspannung Krishanas. Ransaël tat nie etwas, ohne sie einzuweihen.

Plötzlich waren aufgeregte Stimmen von unten zu hören. Krishana tat einen Schritt auf die Brüstung zu und blickte nach unten. Auch Krystof spähte hinab. Wachen rannten über den leeren Platz und empfingen eine Gruppe von Männern, die sie offensichtlich kannten. Die Neuankömmlinge trugen einen Leichnam auf den Schultern, und einer hielt einen toten Hund in den Armen.

Nein!, schrie es in Krystof auf, als ihn die Erkenntnis wie ein Donnerschlag traf. Er wagte nicht, den Kopf zu drehen und Krishana anzublicken.

***

Die Nachricht von Ransaëls Tod erreichte den einzigen intakten Bahnhof in Prak City zur Mittagszeit. Marek war außer sich. Er tobte und brüllte, sie müssten Vergeltung üben. Viktor saß stumm und brütend

auf seinem breiten Stuhl vor der halbrunden Fensterfront, während Alba mit verschränkten Armen neben
ihm stand und im Kopf verschiedene Möglichkeiten
durchspielte. Eines war ihr völlig klar, ein Krieg der
Häuser würde die Stadt verwüsten und musste um jeden Preis verhindert werden. Aber wie?

Viktor wandte sich an Alba: »Hol Zappa und das
Mädchen herein.«

Alba zögerte nur den Bruchteil einer Sekunde. Sie
hatte Danija, die sich ihnen erst mit falschem Namen
vorgestellt und ihnen auch sonst etwas vorgegaukelt
hatte, mittlerweile lieb gewonnen, aber restlos vertrauen konnte sie ihr nicht. Dafür war sie zu neu in
der Organisation. Obwohl Zappa für sie bürgte, seit
sie seine Tests mit Bravour bestanden hatte, blieb ein
Teil von Alba argwöhnisch. Nein, versicherte sie sich
selbst im Stillen, während sie zur Tür ging, es handelte sich nicht um Missgunst, weil Danija so schnell
in den obersten Kreis der Macht aufgestiegen war.
Mushanti waren selten und eine so begabte wie sie
musste man rasch eng an sich binden. Aber wie
konnte man jemandem vertrauen, der seine letzte
Dienstherrin verraten hatte?

Zappa und Danija erhoben sich vom Sonfa, als die
Tür aufging und Alba sie bat einzutreten. Zappa
nahm seinen Hut ab, klemmte ihn unter den Arm und
betrat würdevoll den Saal. Danija, die ein violettes
Kleid trug, folgte versetzt leicht hinter ihm.

»Ihr seid im Bilde?«, fragte Viktor mit finsterer Miene.

Zappa deutete ein Nicken an. In neutralem Tonfall, als hätten sie nichts damit zu tun, setzte er an: »Ein Frachtschiff der Wulda wurde überfallen.« Ohne den Tonfall zu ändern fuhr er fort: »Außerdem gab es einen Anschlag auf ihre Raffinerie. Und heute morgen wurde Ransaël, das Oberhaupt der Taboriten, ermordet.«

»Bei den Erbauern«, schrie Marek, »er war unser Verbündeter! Das weiß doch jeder hier im Raum! Die Wulda, diese dreckigen Ölfinger, haben ihn auf offener Straße niedergeschossen, aus Rache!«

Viktor brachte seinen Bruder mit einer harschen Handbewegung zum Schweigen. Marek schnaubte und sah vor Wut bebend mit stierem Blick aus dem Fenster.

Viktor atmete einmal tief durch, ehe er in ruhigem Ton sagte: »In der jetzigen Lage müssen wir mehr denn je besonnen sein.«

Marek holte Luft, aber Viktor kam ihm schneidend zuvor: »Natürlich liegt die Vermutung nahe, dass Marek recht hat. Das Problem ist nur, wir haben keinen Beweis dafür, dass es sich tatsächlich um einen Racheakt der Wulda handelte.« Viktor stand auf und richtete seine nächsten Worte direkt an Zappa und Danija: »Wäre es euch möglich, einen solchen Beweis zu erbringen?«

»Und was soll so ein Beweis nutzen?«, brach es laut-stark aus Marek heraus. »Eine *Vermutung* nennst du das?« Er sprach das von Viktor gewählte Wort voller Sarkasmus und Verachtung aus. »Würdest du es auch eine *Vermutung* nennen, dass dir jemand auf die Füße gekackt hat, nachdem er dir frech und vor dei-nen eigenen Augen auf die Füße gekackt hat?« Er wollte weiter brüllen, aber aus einem unerfindlichen Grund kehrte genau in diesem Augenblick der Ver-stand in seinen Schädel zurück und ihm wurde klar, dass er zu weit gegangen war. Marek blinzelte und biss sich auf die Lippen. Alba hielt die Luft an, jeder im Raum hielt die Luft an.

Viktor ließ allesamt einige Atemzüge in der drückenden Stille schmoren. Seine Augen hatten sich zu Schlitzen verengt und eine Zornesfalte hatte sich auf seiner Stirn gebildet. Mit eiskalter Stimme sagte er: »Fall mir noch ein einziges Mal ins Wort, oder sprich noch ein Mal in diesem Ton mit mir, und ich vergesse, dass du mein Bruder bist.« Seine Augen ver-größerten sich langsam wieder und er wandte sich er-neut an Zappa und Danija: »Ich habe euch eine Frage gestellt.«

»Die Antwort«, erwiderte Zappa ernst, »lautet: mög-licherweise. Es hängt von den Umständen ab. Wenn es dein Wunsch ist, werden wir selbstverständlich un-ser Bestes geben.«

Viktor nickte. »Dann tut das.«

Zappa verbeugte sich und gab Danija einen Knuff mit dem Ellbogen, dass sie es ihm gleichtat. Er machte auf dem Absatz kehrt, und Danija lief eilig hinter ihm her. Sie erreichte die Tür vor ihrem Mentor, hielt sie ihm auf, und die Mushanti verließen den Saal.

»Wenn es ihnen gelingen sollte, einen Beweis zu liefern«, überlegte Alba laut, »könnten wir den Fall vor den Rat bringen.«

»Ganz recht«, pflichtete Viktor ihr bei. »Wenn er stichhaltig wäre und einer Untersuchung standhielte, könnten nicht einmal die Nepomuk die Wulda öffentlich verteidigen. Im besten Fall hätte es zur Folge, dass Pavel gerichtet und ein Nachfolger bestimmt würde.«

»Vojtech oder Matej«, mutmaßte Marek.

»Ja«, stimmte Viktor zu, »darauf würde es wohl hinauslaufen.«

»Ich sehe noch immer nicht, was wir dadurch gewonnen hätten«, sagte Marek, seine Worte nun bedachter wählend.

»Eine harte Strafe gegen Pavel würde vielleicht ausreichen, Krishana zufriedenzustellen«, erklärte Alba.

»Pah«, machte Marek abfällig. »Nichts wird sie davon abhalten, in den Krieg ziehen. Erst recht kein öffentliches Schauspiel mit dem Ergebnis, dass ein Sohn seinen Vater ersetzt. Krishana ist schlau. Sie weiß ganz genau, dass jeder aus der Führungsriege der Wulda zumindest Bescheid wusste, und das wird ihr völlig ausreichen. Sie und Ransaël waren mehr als nur ein normales Paar, sie waren vernarrt ineinander bis an den Rand des Wahnsinns.« Marek schüttelte den Kopf. »Nein, glaubt, was ihr wollt. Krishana wird auf jeden Fall eine Fehde daraus machen.«

»Ich teile deine Einschätzung«, gestand Viktor ihm zu, »aber vielleicht lässt sich ihre Reaktion verzögern.«

»Wozu eine Verzögerung?«, fragte Marek. »Wegen der Tanach?«

Viktor formte mit seinen Fingern ein Spitzdach und nickte zustimmend. »Zum einen, zum anderen haben wir einen geheimen Verbündeten. Bislang hält er sich zurück, aber wenn es uns gelingen würde, den Schwarzen Reiter zu finden und ihn festzusetzen, wären wir in einer Verhandlungsposition, die uns einen großen strategischen Vorteil verschaffen könnte.«

Marek stieß scharf Luft aus, Alba hob eine Braue.

»Dein dubioses Treffen in der Kirche …«, begriff Marek.

»In der Tat«, gab Viktor zu. »Ich möchte auch unsere beiden Magier einweihen, die Gefangennahme des Schwarzen Reiters hat nun höchste Priorität.«

»Und das Hinhalten von Krishana«, ergänzte Marek, der wieder einmal erkennen musste, dass sein Bruder ihm zwei Schritte voraus gewesen war.

Alba sah aus dem Fenster hinaus auf die Stadt. Der Schwarze Reiter, magische Untersuchungen … Die

Umstände wurde zunehmend mysteriöser und ver-
trackter, und das gefiel ihr nicht.

»Ihr solltet mit Krishana reden«, riet sie, ohne den
Blick von den zahllosen Dächern der Häuser abzuwenden. »Um eure Anteilnahme auszudrücken und
um sie dazu zu bewegen, die Ratssitzung zu verschie-
ben. Angesichts ihrer Trauer würde einem solchen
Gesuch mit Sicherheit stattgegeben, und wir gewön-
nen mehr Zeit.«

Ihr lag noch etwas anderes auf den Lippen. Wenn
die Wulda nachweisen könnten, dass die Fanta gemeinsam mit den Taboriten indirekt für den Überfall
auf das Frachtschiff verantwortlich waren ... Aber
nein, Pavel, der sogenannte Taipan, hatte einen anderen Weg gewählt. Gäbe er öffentlich zu, dass er von
dem Bündnis wusste, würde er sich selbst die Schlinge
um den Hals legen, weil damit das Motiv für die Er-
mordung von Ransaël ebenfalls augenfällig werden
würde. Ja, sie brauchten mehr Zeit, um all die verschiedenen Stränge zu sortieren und eine Strategie zu
finden, die das Schlimmste abwenden konnte. In welchen Strudel waren sie da nur hineingeraten? Alba
straffte sich. Von den üblichen kleinen Intrigen abgesehen, war es lange ruhig gewesen in der Stadt, nun
wehte ein anderer Wind. Sie war bereit. Sie würde die
Fanta bis zu ihrem letzten Blutstropfen verteidigen
und, wenn es sein musste, jeden Feind erbarmungslos

in den Staub treten. Die Zeiten des lauernden Friedens waren vorüber. Irgendwann hatte es so kommen müssen. Sie war bereit.

***

Krishana hatte Viktor und Marek empfangen und gestattet, dass Zappa und seine kleine Hexenschlampe auf ihrem Gebiet Untersuchungen durchführten. Allerdings hatte sie sich geweigert, den Mushanti den Leichnam ihres verstorbenen Gatten auch nur für eine halbe Stunde zu überlassen. Niemand durfte ihn anrühren.

Sie hatte die Beileidsbekundungen von Viktor und Marek über sich ergehen lassen und zugestimmt, einen formalen Antrag einzureichen, mit dem Inhalt, dass die nächste Ratssitzung verschoben würde. Schließlich hatte sie die beiden höflich gebeten, sie allein zu lassen. Aber sie würde nicht wirklich allein bleiben. Sie hatte sich viel vorgenommen für heute. Das war notwendig. Sie durfte sich nicht erlauben, sich in den Abgrund zu stürzen, der so süß und verlockend nach ihr rief. Nein, sie durfte dem Sog nicht nachgeben, das war sie ihrem Geliebten schuldig.

Es klopfte zögerlich an die Tür.

»Herein!«, sagte Krishana laut.

Es war die junge Dienerin mit dem Pagenschnitt. Ihr Name wollte Krishana beim besten Willen nicht einfallen.

»Es sind nun alle eingetroffen«, sagte die Dienerin mit niedergeschlagenen Augen. »Sie kamen das letzte Stück zu Fuß und wurden durch den Dienstboteneingang geführt, wie ihr es aufgetragen habt.«

»Gut«, erwiderte Krishana kühl. »Lass sie wissen, dass sie sich noch ein wenig gedulden sollen.«

»Jawohl, Herrin«, bestätigte die Dienerin. »Was ist mit dem … dem Mann im Billardsalon?«, fügte sie zögerlich hinzu.

Krishana konnte ihre Angst förmlich riechen. *Schlaues Kind*, dachte sie. »Schick ihn jetzt zu mir.«

Als sie wieder allein war, verkrampften sich ihre Hände. Tränen rannen ihr über die Wangen. Trauer war ein zu schwaches Wort für den Zustand, in dem sie sich befand. Sie rang damit, nicht wahnsinnig zu werden. Doch in der schwarzen Wüste, die ihr Herz kalt umgriff, gab es eine blutrote Blume, an der sie sich festhielt. Sie klammerte sich daran und ließ diese Blüte eines verzehrenden Zorns aufgehen, bis sie ihr ganzes Bewusstsein ausfüllte. Sie hasste jene, die ihren Geliebten nicht beschützt hatten; noch mehr die, welche seinen Platz einnehmen wollten, aber am meisten hasste sie die Wulda, allen voran Pavel und seine beiden Söhne. Sie würde diese Sippe ausrotten, ihre Gebäude verbrennen, alles, was sie aufgebaut hatten, in

Asche verwandeln. Auf dass der Name dieser feigen Mörder auf alle Zeiten aus den Geschichtsbüchern gelöscht wurde.

Es klopfte, und sie wischte sich mit dem Handrücken die Tränen aus dem Gesicht. Ihre eigene Stimme klang fremd in ihren Ohren, als sie bat, Mister Hansho möge eintreten.

Der kleine Mann mit den asiatischen Gesichtszügen durchmaß mit federnden Schritten den Raum. Als er vor Krishana stand, erhob sie sich, und Mister Hansho neigte respektvoll den Kopf. Die Dienerin schloss die Tür und Mister Hansho, hob den Blick. Er sah Krishana nicht direkt in die Augen, sondern schaute leicht an ihr vorbei.

»Sie benötigen meine Dienste?«, fragte er sanft in einer Tonfärbung, die tiefe Gelassenheit zum Ausdruck brachte.

»In der Tat«, erwiderte Krishana. »Ich danke Ihnen, dass Sie gekommen sind.«

Ransaëls Vater, ihr Onkel, hatte Mister Hansho für Notfälle eingestellt. Soweit sie wusste, lebte er, trotz eines beachtlichen vierteljährlichen Gehalts, bescheiden und unauffällig. Heute würde er sich sein stattliches Auskommen nach langer Zeit einmal wieder verdienen müssen. In knappen Sätzen erklärte Krishana ihm ihr Vorhaben.

Die sieben Männer und zwei Frauen standen von ihren Stühlen auf und verbeugten sich, als Krishana und Mister Hansho das geheime Besprechungszimmer betraten. Krishana stemmte die Fäuste auf den großen, runden Tisch und ließ ihren Blick durch die Runde wandern, ehe sie verkündete: »Setzt euch.«

Alle nahmen Platz, auch Krishana ließ sich auf dem bereitgestellten gepolsterten Stuhl nieder, lediglich Mister Hansho blieb hinter ihr stehen.

Jaromir räusperte sich. Er war ein ernster, hochgewachsener Mann, dessen kantiges Gesicht von einer Kurzhaarfrisur und einem Backen- und Kinnbart eingerahmt wurde. Außerdem war er die dritte Ratsstimme der Taboriten und damit nach Krishana die einflussreichste Person im Raum. Mit einem knappen Nicken erteilte sie ihm das Wort.

»Ich weiß nicht, was ich sagen soll«, setzte er gepresst an. »Ich bin zutiefst erschüttert, und es fällt mir noch schwer, klar zu denken. Nur eines kann ich momentan mit Sicherheit sagen: Ich hoffe, diese Versammlung wird einen Weg finden, diese Schandtat zu rächen.«

Ihre Blicke trafen sich, und Krishana fand kein Anzeichen für Unaufrichtigkeit in seiner Miene. Jaromir *war* erschüttert, und wie sie sann er nach Vergeltung.

Sie holte Luft für eine Erwiderung, aber Rul kam ihr zuvor: »Sicher, sicher, wir sind alle bestürzt und aufgewühlt«, sagte der breite Mann, der wie jeder

Gast im Raum für eine der neun Gemeinden des taboritischen Stadtbezirkes sprach. »Umso mehr müssen wir uns hüten, etwas Unüberlegtes zu tun.« Er wich Krishanas Blick aus und fuhr an die anderen gerichtet fort: »Der Tod unseres Herrn ist fürchterlich, keine Frage, trotzdem – nein, vielmehr gerade *deshalb* ist es unsere Pflicht unseren Schutzbefohlenen gegenüber, uns nicht kopflos in einen Krieg zu stürzen. Wir können ja noch nicht einmal mit Sicherheit sagen, *wer* für den Mord verantwortlich ist.«

»Und was schlägst du also vor, Rul, Vertreter der vierten Gemeinde?«, fragte Krishana. Sie war von sich selbst überrascht, wie ruhig ihre Stimme klang, während es in ihr kochte.

Die scheinbar vernünftige Rückfrage fehlinterpretierend, gewann Rul an Selbstvertrauen. Nun streifte sein Blick kurz den von Krishana, und er blieb nur den Bruchteil einer Sekunde irritiert an der Gestalt hinter ihr hängen, ehe er sich an Nevina von der siebten Gemeinde und Leto von der zweiten wandte: »Einige von uns haben sich bereits im Vorfeld ein wenig besprochen …« Nevina und Leto nickten ihm ermutigend zu, und Rul fuhr fort: »Wir halten es für das Beste, mit den anderen Häusern in Verhandlungen zu treten. Zuerst sollten wir …«

Er sprach weiter, aber Krishana konnte ihm nicht mehr folgen. Verhandlungen mit den Mördern ihres Geliebten wollte das fette Schwein also führen! Sie kämpfte ihren aufwallenden Zorn nieder, und es gelang ihr, die Worte des Verräters wieder wahrzunehmen.

» … zudem, bei allem gebührenden Respekt, müssen wir uns über unsere Führungsspitze Gedanken machen.« Nun glitzerten Schweißperlen auf Ruls breiter Stirn. Ihm war bewusst, dass er sich auf gefährliches Terrain begab, aber offensichtlich wollte er hoch hinaus, und ebenso offenkundig hatten ihm einige der Anwesenden ihre Unterstützung zugesichert.

Die abgebrühte Nevina bemerkte sein Schwächeln und kam ihm zu Hilfe: »Für eine Übergangszeit wäre es durchaus sinnvoll, die Ratsstimmen neu zu besetzen. Natürlich nur bis Krishana ihre Trauer überwunden hat und die Wogen sich glätten.«

Verlogenes Miststück!, dachte Krishana. Diese verräterischen Emporkömmlinge wollten einen Vorteil aus Ransaëls Tod schlagen. Die Wogen sollten sich glätten? Sie würde dafür sorgen, dass ein Tsunami über diese Stadt rollte.

»Und wen, wenn es mir gestattet ist zu fragen, schlagt ihr für eine neue Führungsspitze vor?«, warf Krishana in vorgetäuschter Demut ein.

Rul sah sie irritiert an. So einfach hatte er es sich wohl nicht vorgestellt. Nevina war gewitzter, sie fiel nicht auf den ruhigen Tonfall herein, glaubte aber an ihren Sieg und erwiderte: »Ich schlage Rul vor. Seine Gemeinde ist in jeder Hinsicht vorbildlich geführt.

Als zweite Stimme Leto, dessen Weitsicht uns allen ein Vorbild sein sollte. Und als letzte …«

»Dich selbst«, kürzte Krishana die Ansprache ab. Sie tat so als würde sie sich den Vorschlag durch den Kopf gehen lassen.

»Das kann doch nicht euer Ernst sein!«, meldete sich Jaromir fassungslos zu Wort. »Ransaël, unser geschätzter und geliebter Herr, ist ermordet worden und ihr wollt Krishana aus dem Hohen Rat verbannen? Verzeiht«, fügte er mit einem Seitenblick auf seine Herrin hinzu, »aber ich kann mir nicht vorstellen, dass dies in Ransaëls Sinne wäre. Wenn Ihr Zeit zum Trauern braucht – selbstverständlich, aber dann lautet mein Vorschlag: Ziehen wir uns für eine Weile ganz aus dem Rat zurück.«

»Wir sollen uns wie die Ratten verkriechen?«, schnaubte Rul verächtlich und spielte damit auf die Skalka an, die nur sehr sporadisch zu den Ratssitzungen erschienen.

Krishana hatte der Rede von Jaromir genau zugehört. Er hatte nicht vorgeschlagen, dass er fürs erste alleine für die Taboriten sprechen sollte. Er wollte sich lieber ganz zurückziehen und dadurch auch auf seine eigene Macht verzichten, als den Pöbel an Einfluss gewinnen lassen. Damit hatte er endgültig seine Loyalität bewiesen.

Krishana erhob sich, faltete sie Hände vor dem Gesicht und verkündete mit ihrer verletzlichsten Stimme ihre Entscheidung: »Wir haben nun verschiedene Vorschläge und Meinungen gehört … stimmen wir ab.«

Jaromir blickte entsetzt zu ihr auf, sie ignorierte ihn. Rul, der Narr, atmete erleichtert aus.

»Also«, sagte Krishana, ihre Worte mit Bedacht wählend, »wer ist grundsätzlich für eine neue Führung?«

Nevinas und Ruls Hände hoben sich zuerst, dann folgte die von Leto und nach kurzem Zögern reckten der junge Ondràs, der verschmitzte Vitezlav und der verträumte Michal ihre Arme in die Höhe.

»Sechs zu drei«, stellte Nevina triumphierend fest und nahm die Hand wieder herunter.

»Nicht ganz«, widersprach Krishana mit einem bösen Schmunzeln. »Oder habt ihr geglaubt als Herrin des Hauses habe meine Stimme kein Gewicht? Im Gegenteil, sie ist die einzige, die zählt.«

Damit wandte sie sich halb zu Mister Hansho um. »Tun Sie es«, wies sie ihn knapp an.

Es war erstaunlich und beeindruckend. In einer unwahrscheinlichen Geschwindigkeit sausten Wurfmesser durch den Raum. Kein einziges verfehlte sein Ziel. Jedem der sechs Gemeindevorsteher, die eben ihre Hand gehoben hatten, bohrte sich ein Messer in die Kehle. Röchelnd sackten ihre Oberkörper einer nach dem anderen auf den Tisch. Nevina, die noch nicht getroffen worden war, riss entsetzt die Augen auf. Krishana schenkte ihr ein kühles Lächeln, und dann steckte auch ihr plötzlich Stahl im Hals. Sie gurgelte, Blut rann ihr aus den Mundwinkeln, mitsamt ihrem Stuhl kippte sie nach hinten, und ihr lebloser Körper krachte auf den Boden. Nun herrschte Stille.

Jaromirs Miene hatte einen grimmigen, zustimmenden Ausdruck angenommen. Die beiden verbliebenen Gemeindevertreter rangen sichtlich um Fassung.

Irka mit den grauen Schläfen, die bereits Ransaëls Vater stets eine verlässliche Untergebene gewesen war, schluckte und sah zu ihrer Herrin auf. »Wie lautet Euer Plan?«, fragte sie mit dünner Stimme.

Krishana setzte sich, legte die Hände flach auf den Tisch und sagte: »Hört zu …«

5. Kapitel

»Und Ihr seid sicher, dass nichts schiefgehen kann?«

Nathans Lippen umspielten ein süffisantes Lächeln. Malechin, der Großmeister der Schwarzen Loge, erhob sich von seinem Stuhl und verschränkte die Arme, sodass seine Hände in den weiten Ärmeln seiner Kutte verschwanden. »Wir sprechen über ein Ritual. Ein wenig Unvorhersehbarkeit ist immer dabei.«

Karel Kovar schnitt eine Grimasse. Das Oberhaupt der Nepomuk hasste Unsicherheiten. Alles, was nicht genau berechenbar war, bereitete ihm geradezu körperliches Unbehagen.

»Wenn ich erst den Wahren Namen gänzlich herausgefunden habe«, entschied Nathan sich nun doch zu sprechen, »bräuchte es einen Holomancer, um das Ritual zu stören.«

»Was ist das?«, wollte Karel Kovar scharf wissen.

»Nicht mehr als eine Legende«, tat Malechin ab. Er achtete das Oberhaupt in weltlichen Belangen, in spirituellen hingegen sprach er mit ihm wie mit einem Kleinkind. Die Skizze des Ritualaufbaus, die er gemeinsam mit Nathan ausgearbeitet hatte, lag auf dem runden Marmortisch, aber es handelte sich lediglich um eine Geste guten Willens. Verstehen konnte ein Uneingeweihter ohnehin nicht, was sie vorhatten. Nur den Zweck, den begriff Karel Kovar. Macht und Kontrolle, allein darauf kam es ihm an, und sie würden ihm geben, was sie ihm versprochen hatten. Ihr Plan war verwegen, eine Zusammenführung der kabbalistischen Kräfte Nathans und der schamanistischen der Loge. Es war ein Plan, den sie schon lange gehegt hatten und dessen Umsetzung nun endlich in greifbare Nähe gerückt war.

Karels Blick ruhte noch immer fordernd auf ihm. Malechin seufzte innerlich und holte weiter aus: »Wie Ihr wisst, gibt es Spruch- und Ritualmagier. Die Legende besagt, es habe direkt nach dem Erwachen einen Mushanti gegeben, der Zugriff auf beide Arten der Magie gehabt hätte.«

»Rabenschrei wurde er genannt«, warf Nathan entgegenkommend ein.

»Der Geschichte nach«, fuhr Malechin fort, »ist er bis an die Grenze zum Reich der Shedai-nai gereist, um sich mit ihnen zu messen. Die Herausforderung wurde angenommen, und er unterlag.« Melechin zwang sich zu einem Lächeln, das Karel beruhigen sollte. »Es ist nicht mehr als ein Ammenmärchen unter Mushanti, das sich gerade deshalb hält, weil es unmöglich ist. Wir wissen nicht weshalb, aber ich lege meine Hand dafür ins Feuer, jeder Mushanti ist nur für eine Art der beiden Magieformen empfänglich.« Malechin musste sich nicht zum ersten Mal während dieses Gespräches zwingen, höflich, respektvoll und geduldig zu bleiben. Jetzt sprachen sie schon über Holomancer! Dabei sollte das Oberhaupt schlicht dafür sorgen, dass ihnen zur Verfügung gestellt wurde, was sie benötigten. Aber Karel Kovar war ein vorsichtiger Mann, der nur mit größtem Unbehagen die Zügel aus der Hand ließ.

Er schien seine Gedanken zu erraten, denn er fragte: »Ihr braucht also noch einen weiteren Mushanti, plus den vollständigen Wahren Namen?«

»So ist es«, bestätigte Malechin.

»Ich werde mich um meinen Teil kümmern«, versprach Karel. Den Blick auf die Skizze gerichtet, kräuselte sich seine Stirn nachdenklich. »Noch einmal einen Schritt zurück«, bat er. »Ihr sagtet, unser Neuzugang, dieser Bohdan, bilde eine Ausnahme, inwiefern?«

»Oh«, kicherte Nathan, »er ist nicht verrückt geworden und in apathische Starre verfallen wie die anderen vor ihm, als ich ihm das Zeichen verpasst habe.«

»Er ist doch nur ein Gefäß, Mittel zum Zweck«, stellte Karel fest. »Wieso sperren wir ihn nicht einfach ein, bis alle Vorbereitungen getroffen sind?«

Mit einer Geduld, die seinem genervten Inneren nicht entsprach, antwortete Malechin: »Theoretisch wäre es möglich, ihn zu besänftigen, auch wenn uns das Kraft kosten würde, die wir besser anderweitig einsetzen sollten. Das Problem bestünde darin, dass wir so einen Bann nicht kontinuierlich über einen längeren Zeitraum aufrecht erhalten könnten. Er würde zwischenzeitlich … *aufwachen* und sich seiner Lage bewusst werden.«

Karel hob eine Augenbraue, was soviel ausdrückte wie *na und?*

»Das Gelingen eines Rituals«, fuhr Malechin belehrend fort, »hängt von verschiedenen Faktoren ab. Nicht zuletzt von dem Phänomen, das auch in die Sprache der einfachen Leute Einzug gehalten hat.«

»Du sprichst von *Nachhall?*«, vergewisserte sich Karel.

»Exakt«, pflichtete Malechin bei. »Nachhall bezeichnet mehr als nur Glück im traditionellen Sinne. Wir Mushanti verstehen darunter eine kollektive Rest- und Nachwirkung von den magischen Stürmen, welche durch das Erwachen ausgelöst wurden. Der Nachhall kann ein Ritual befördern oder es hemmen und erschweren.«

Karel räusperte sich. »Und wenn wir diesen Bohdan zwingen würden, brächte das schlechten Nachhall.«

Das war stark verkürzt und unangemessen simpel ausgedrückt, im Prinzip jedoch entsprach es den Tatsachen. »So ist es«, stimmte Malechin zu, der nicht die geringste Lust hatte, weiter auszuholen, um einem Uneingeweihten Dinge nahe zu bringen, die er ohnehin niemals in ihrer Tiefe begreifen konnte.

»Gut«, sagte Karel, »dann halten wir ihn also bei Laune. Geben ihm das Gefühl, er wäre wichtig.«

»Das ist nicht schwer«, sagte Nathan trocken, »er ist in besonderer Weise wissbegierig und saugt jede noch so unbedeutende Lektion wie ein Schwamm auf. Solange ich ihn unterrichte und wir ihm auch weltlich den kleinen Finger reichen, wird er keinen Verdacht schöpfen.«

Malechin atmete hörbar aus. Er hoffte, dass sie es damit nun endlich hinter sich hatten, aber Karels linkes Augenlid zuckte. Er blickte erst ihm in die Augen und wandte sich dann an Nathan. »Eine letzte Frage. Wenn die Erweckung funktioniert, hast du die volle Kontrolle, nicht wahr?«

Nathan neigte in Andeutung einer Verbeugung den Kopf. »Und ich diene Euch und Euch allein. Ihr habt meinen mit Blut besiegelten Schwur«, erinnerte er das Oberhaupt der Nepomuk. »Selbst wenn ich wollte, ich kann nicht anders, als Euch zu gehorchen.«

Karel sah wieder Malechin an. Dieser nickte zustimmend.

»Dann machen wir uns an die Arbeit«, meinte Karel nüchtern.

Malechin griff nach der Skizze, faltete sie zusammen und ließ sie in seiner Kutte verschwinden. Gemeinsam mit Nathan verließ er den Raum. Die beiden Mushanti schenkten sich ein Lächeln, dann trennten sich ihre Wege. Während Malechin die Treppe hinauf zu dem Turmgemach nahm, in dem sich die Loge traf, stieg Nathan hinab in die Tiefe seines Kellerreichs.

***

Bohdan saß auf einem weichen Fell und las im Schein einer Öllampe in einem dicken, in Leder gebundenen Buch. Wobei *lesen* sein Studium ungenau beschreibt, vielmehr lernte er es auswendig. All die Zeichen und Symbole, die er sich einzuprägen versuchte, waren noch keine Wahren Namen, mit denen sich Magie wirken ließ. Sie entsprachen eher einer Art Alphabet, und erst, wenn er die Buchstaben beherrschte, wäre er in der Lage, Worte daraus zu formen.

Es waren keine Schritte zu hören, aber er spürte die sich nahende Präsenz seines neuen Mentors.

»Du bist fleißig, das ist gut«, grüßte ihn Nathan, als er in den Schein der Lampe trat.

»Ich tue, was Ihr mir auftragt«, erwiderte Bohdan pflichtschuldig. Er unterdrückte den Impuls, sich am Handrücken zu kratzen, wo der Meister ihm mit einer Nadel ein sonderbares Zeichen eingeritzt hatte. Nathan hatte behauptet, es handele sich sowohl um eine Initiation als auch um eine Konzentrationshilfe. Bisher hatte Bohdan noch nicht herausgefunden, wofür die Rune stand. Es war ein Kreis mit zwei Schlangenlinien, die sich in der Mitte kreuzten.

Ohne das geringste Geräusch zu verursachen, setzte sich Nathan ihm gegenüber im Schneidersitz auf den Boden. »Nenne mir die ersten drei Mysterien«, forderte er seinen Schüler auf.

Bohdan dachte einen kurzen Augenblick nach. Natürlich hatte er seine erste Lektion nicht vergessen, aber es kam auf den genauen Wortlaut an. Jetzt hatte er es. Leise begann er aufzuzählen: »Nichts ist ohne Namen. Unaussprechlich ist das, wovon einem der Namen nicht bekannt.«

»Gut«, lobte Nathan, »weiter.«

»Wie oben, so unten«, fuhr Bohdan fort, »wie im Kleinen, so auch im Großen. Und das dritte … ähm …« Er wollte keinen Fehler machen. »Nichts stirbt jemals wirklich. Alles befindet sich in ew'gem Übergang.«

Nathan nickte zufrieden. »Du kannst dich nun wieder deinen Studien widmen.«

Nathan meditierte, und Bohdan las, bis ihm die Augen brannten. Danach weihte der Meister seinen Schüler in das vierte und fünfte Mysterium ein, um anschließend einige praktische Übungen durchzuführen. Bohdan gab sein Bestes, obgleich es ihm lächerlich vorkam, sich damit abzumühen, einen schwachen Windstoß zu erzeugen, indem er einen Unternamen der Luft in einem ermüdenden Mantra vor sich hersagte. Die Sprüche der Baronesse waren wesentlich mächtiger gewesen, aber Nathan beharrte darauf, dass keine Lektion übersprungen werden durfte. »Du wirst nur zu wahrhafter Größe aufsteigen, wenn du dich in den einfach erscheinenden Dingen übst, denn wie im Kleinen, so auch im Großen.« Bohdan seufzte innerlich, protestierte jedoch nicht und hielt sich an die Vorgaben Nathans, obgleich er den Tisch, auf dem er lediglich ein paar Blätter zum Rascheln brachte, auch hätte in die Höhe heben und umdrehen können.

Auch der kabbalistische Ansatz forderte Tribut, bisher allerdings nur einen ganz leichten, den Bohdan spielerisch bewältigte. Er ahnte jedoch, dass, wenn er einmal nicht mehr mit Unternamen, sondern den echten operierte, sich auch der Tribut erhöhen würde. Und deshalb nahm er Nathans Methode zur Tributbewältigung durchaus ernst, die sich von jener der Baronesse unterschied. Nathan erklärte, ein Wort verschaffe einem nicht nur Macht, es vereinnahme einen auch, und wenn man nicht aufpasste, könne es einen verschlingen. Daher sei es, sobald die gewünschte Wirkung eintrete, notwendig, sich von dem Wort, oder dem Namen einer Sache, wieder zu lösen. Anfangs fiel es Bohdan schwer zu verstehen, was Nathan damit meinte. Aber mit der Zeit bekam er ein Gefühl dafür. Es war wie beim Lesen. Versteifte man den Blick auf ein einziges Wort, verlor man die anderen aus den Augen. Das war für den Moment wichtig, aber dann musste es einem gelingen, den Blick zu weiten, Distanz zu schaffen, um wieder die ganze Seite betrachten zu können. In der mentalen Haltung, die diesem weiten Blick entsprach, verpuffte der Tribut.

Anders als bei der Baronesse hatte er in dem Kellerlabyrinth unter dem Hauptsitz der Nepomuk keine Aufgaben zu erledigen, die ihn vom Lernen ablenkten. Er übte, schlief, aß, nahm die Lektionen von Nathan auf und übte weiter. Der Wechsel von Tag und Nacht verlor im Schein der Kerzen und Öllampen immer mehr an Bedeutung. Und mit dem Verlust des Zeitgefühls verlor Bohdan auch immer mehr das Gespür für seinen Körper. In dieser endlosen Nacht unter der Erde war niemand außer dem Meister, mit dem er hätte sprechen können.

Wenn er schlief, hörte er im Traum Schreie von Unbekannten, die ihn um Hilfe riefen. Wachte er auf, wurden die Schreie leiser, aber sie verschwanden nicht ganz. Schließlich, als die Ängste und Unsicherheiten sich nicht mehr durch Üben und Lesen vertreiben ließen, beschloss er doch, sich Nathan mitzuteilen. Schon als er seine Nöte ansprach, kam er sich wie ein dummer, kleiner Junge vor, dem nichts wirklich fehlte, außer, dass er mit Einsamkeit und Dunkelheit nicht zurechtkam.

Nathan allerdings reagierte überraschend anders, als Bohdan erwartet hatte. Er machte sich nicht über ihn lustig, er wies ihn auch nicht zurecht. Vielmehr nickte er verständnisvoll und sagte: »Was du erlebst, was du durchleidest, ist das Sterben deines alten Ichs. Du brauchst dir keine Sorgen zu machen, du wirst neu geboren werden, stärker und mächtiger als zuvor. Auch ich musste diesen Weg vor langer Zeit gehen.«

Bohdan hätte sich damit zufrieden gegeben. Er musste sich einfach nur zusammenreißen. Aber Nathan setzte freundlich lächelnd hinzu: »Es schadet dem Prozess jedoch nicht, eine kleine Pause einzulegen. Ich gestatte dir bald einen freien Tag. Mein Dienstherr wollte dich ohnehin längst schon kennenlernen.«

»Danke, Meister«, erwiderte Bohdan mit trockenem Mund.

***

Danija bewunderte die zahllosen Gewächshäuser, die dicht an dicht standen. Sie hatte von ihnen gehört, sah sie jedoch zum ersten Mal mit eigenen Augen. Hier wurde also Menta gezüchtet, jene Pflanze, deren weiße Blüte der wichtigste Bestandteil zur Gewinnung des Antidot war. Die Menta war neben dem Bahnhof der zweite Pfeiler der Macht für das Haus der Fanta. Aber sie waren nicht wegen der Gewächshäuser hergekommen, sondern – zumindest offiziell – um den Zustand der hohen Mauer, welche die westliche und südliche Grenze der Stadt markierte, zu begutachten. Da die alten Verhältnisse und Regelungen durch die neuen Bündnisse ins Wanken geraten waren, suchten die herrschenden Häuser nach Alternativen für die Zukunft. Wenn es zum Bruch käme und die Nepomuk die Einreise in die Stadt nicht mehr für die anderen Häuser übernahmen, mussten diese eigene Regelungen finden. Viktor hatte versucht, Krishana davon zu überzeugen, eine zweite Brücke über den Fluss bauen zu lassen, doch die Herrin der Taboriten war seit dem Tod ihres Gatten kaum empfänglich für vernünftige Vorschläge. Zwar führten Gleise direkt vom Hauptquartier der Fanta aus der Stadt hinaus, aber es war viel Mühe darauf verwendet worden, dass diese Passage gegen die wilden Stämme im Osten abgesichert war. Fuhr gerade kein Zug ein oder aus, wurde der Weg mit Stacheldraht gesichert, und Viktor wollte dies beibehalten. Die Methode hatte sich über viele Jahre bewährt, und Viktor pochte darauf, dass es zu keiner Vermischung des Zugverkehrs mit der Ein- und Ausreise kam.

Alba schritt inspizierend die hohe Mauer ab, Zappa und Danija folgten ihr. Die beiden Leibwächter in ihren schwarzen Anzügen hielten sich diskret im Hintergrund. Alba streckte die Hand aus und strich damit über das glatte, graue Mauerwerk. Sie kamen zu einem Gestrüpp. Zappa ging vor und drückte zwei mit Dornen bespickte Äste hinunter, sodass Alba und

Danija, ohne sich zu stechen, in den natürlichen Schutz der Hecke eintreten konnten. Zappa folgte als letzter. Geduckt gingen sie, abgeschirmt von den Leibwächtern, zu dritt weiter, bis Alba anhielt. Auf Hüfthöhe war ein Bohrloch in der Mauer zu erkennen. Danija vermutete, dass es zum Schmuggeln kleiner Waren verwendet wurde. Heute würde es einen anderen Zweck erfüllen. Ja, Danija kannte auch den eigentlichen Grund, der sie hierher geführt hatte. Alba hatte ihren durchaus gesunden Argwohn ihr gegenüber zwar immer noch nicht gänzlich abgelegt, aber er war deutlich schwächer geworden. Allerdings machte Danija sich nichts vor, es lag an den Zeiten der Not, dass sie so rasch aufgestiegen war und Alba und Zappa sie in ihre Geheimnisse einweihten.

Alba begab sich in die Hocke und lehnte sich mit dem Rücken an die Mauer. Sie tauschte einen Blick mit Zappa aus, der er sich daraufhin ebenfalls, so gut es ging, gemütlich machte. Sie warteten schweigend, bis eine flüsternde, männliche Stimme durch das Loch zu hören war: »Regen in der Frühe, und die Tränen einer Frau gehen bald vorüber.«

Alba lächelte und sprach die Gegenlosung in das Loch: »Messe zweimal, bevor du einmal sägst.«

»Es ist gut, dass Ihr gekommen seid«, sagte der Mann auf der anderen Seite der Mauer. Danija begriff, dass er flüsterte, um seine Stimme zu verstellen. »Hier mein Angebot«, fuhr er fort, »eintausend Quins für dich und deinen Mushanti plus eine sichere, eurem Rang und Können angemessene Stelle bei den Wulda, wenn Ihr klug seid und die Seiten wechselt.«

Alba stieß einen leisen Pfiff aus. »So viel sind wir dem Taipan wert?«

Schweigen.

Alba dachte nach, ehe sie sagte: »Ich muss wissen, von wem das Angebot stammt. Sollten wir abtrünnig werden, dann nur gegen eine Sicherheit.«

»Vojtech, der Sohn des Taipan, schickt mich«, erwiderte die Stimme von der anderen Seite der Mauer schließlich.

Zappa gab Danija ein Zeichen. Sie wusste, was sie zu tun hatte. Sie schloss die Augen und griff mit ihrem Geist hinaus. Er durchdrang den Beton und fand den Mann, der auf der anderen Seite kauerte. Er war allein, soviel konnte Danija mit Sicherheit sagen, seine Aura jedoch war nicht zu erkennen. Etwas schirmte den Mann ab, ein Verhüllungszauber – skaldäischen Ursprungs, wenn Danija sich nicht täuschte. Sie spaltete ihr Bewusstsein auf, einen Teil ließ sie über dem Mann schweben, mit dem anderen aktivierte sie den Ring an ihrem Finger. Wie immer tat sie dies mit einem Anflug von schlechtem Gewissen. Bohdan. Wie war es ihm wohl ergangen, seit sie ihn bestohlen und im Stich gelassen hatte? Sie durfte sich von solchen Gedanken nicht ablenken lassen. Der Ring durchflutete sie mit Kraft und mit ihr war es ein

Leichtes, den Verhüllungszauber zu neutralisieren. Der Mann, der selbst kein Mushanti war, bemerkte davon nichts, und nun war seine Aura deutlich zu erkennen. Ein dunkles, fluoreszierendes Grün. Sie betrachtete auch seinen Puls und seine Atmung. Er war nervös, aber er hatte nicht gelogen. Danija verweilte in ihrer Beobachtung, während Alba in das Loch raunte: »Stimmt der Taipan diesem Handel zu, werden wir überlaufen. Wie sollen wir uns bis dahin verhalten? Wir könnten einen Beweis erbringen, dass wir es ernst meinen.«

Der Mann zögerte. Seine Aura verdunkelte sich leicht, er war misstrauisch. »Verhaltet euch ganz normal.«

»Was ist mit den Blassen?«, drängte Alba. »Fürchtet der Taipan nicht die Rache von Krishana?«

Eine kluge Frage, dachte Danija. Da sie nicht die Erlaubnis erhalten hatten, die Leiche von Ransaël zu untersuchen, war es ihnen nicht gelungen, die Mörder zweifelsfrei zu ermitteln. Rote Adern überzogen die Aura des Mannes. Wut und … Siegesgewissheit.

»Der Taipan fürchtet nichts und niemanden«, kam es zischend zurück.

»Gut«, sagte Alba beschwichtigend. Sie hatte bemerkt, dass sie nun auf der Hut sein musste, wenn sie den Kontakt nicht gefährden wollte. »Wie lange wirst du benötigen, um die Zustimmung des Taipans einzuholen?«

Danija beobachtete, wie die roten Adern anschwollen und das Grün unter ihnen zu Violett wechselte. Seine nächsten Worte waren unaufrichtig.

»In sieben Tagen, gleiche Zeit, gleicher Ort.«

Er stand auf, und Danija folgte ihm bis zu einem Motorrad. Er schwang sich grimmig auf das Bike und fuhr gen Norden davon. Danija kehrte in ihren Körper zurück. Sowohl Alba als auch Zappa sahen sie erwartungsvoll an. Zappa hätte ihre Rolle natürlich ebenso übernehmen können, aber er haushaltete streng mit seinen Kräften, von denen er einen Großteil darauf verwendete, Alba und Viktor zu schützen.

Danija sammelte sich, atmete automatisch den Tribut aus und fasste dann die Schlüsse aus ihren Eindrücken zusammen: »Wir haben ihn verloren. Er wird nicht noch einmal herkommen. Der Taipan hat etwas in der Hinterhand, weshalb er sich keine Sorgen über einen möglichen Angriff macht. Und die Wulda sind definitiv für den Mord an Ransaël verantwortlich.«

Alba kniff die Augen zusammen. »Das wussten wir doch schon!«, fuhr sie enttäuscht auf. »Und dass der Taipan einen Trumpf im Ärmel hat, wurde auch aus dem Gespräch deutlich.«

Danija ließ die Rüge gefasst über sich ergehen. Sie verstand Albas Frustration, die sich mehr und genauere Informationen von diesem Treffen erwartet hatte.

»Wir vermuteten stark, dass Pavel den Auftrag für Ransaëls Tod erteilt hat«, stellte Zappa nüchtern fest. »Es ist von Vorteil, nun Gewissheit zu haben.«

Alba knirschte mit den Zähnen, dann nickte sie widerstrebend. »Sowohl die Wulda als auch die Nepomuk planen etwas im Verborgenen«, dachte sie laut nach. »Wir müssen diesen verfluchten Schwarzen Reiter finden und ihn ausliefern.«

Danija zuckte innerlich zusammen. Die Angelegenheit mit dem Schwarzen Reiter war eine der wenigen, bei der man sie nicht vollständig ins Vertrauen gezogen hatte. Sie wusste nur, dass sie ihn finden sollten, um damit einen Verbündeten zu gewinnen. Aber Danija ahnte, wer, besser gesagt: *was* dieser Verbündete war. Sie spürte seine Präsenz in der Stadt, und sie kannte die Shedai-nai und ihre Art, mit Sterblichen Geschäfte zu machen.

Sie traten zu dritt aus dem Gebüsch heraus und wurden von den Leibwächtern empfangen, die so taten, als hätten sie nicht versucht zu lauschen. Alba strafte sie mit einem giftigen Blick, ehe sie sagte: »Diese Stelle ist gut beschaffen und liegt strategisch günstig. Wenn es dazu kommt, veranlasst, das Gestrüpp zu entfernen. Ich werde Viktor ein Tor mit Fallgitter vorschlagen, das selbstredend Tag und Nacht bewacht werden muss.«

***

Einmal mehr stürmten überwältigende Trauer und Verzweiflung, einem Rammbock gleich, gegen den Schutzwall an, den sie an der Grenze ihres Bewusstseins errichtet hatte. Würde sie ein Durchbrechen dieser Gefühle zulassen, wäre ein totaler Zusammenbruch die unvermeidliche Folge. Sie wäre gelähmt, und die Mörder würden ungestraft davonkommen. Das durfte sie um keinen Preis zulassen, nicht jetzt. Sie hatte eben den Bericht von Jaromir erhalten, dass ihre Streitmacht bereit war. Die Fanta, diese elenden Feiglinge, zögerten noch, sich an ihr Bündnis zu halten. Viktor hatte ihr durch einen Boten zukommen lassen, ein Angriffskrieg sei für ihn die letzte aller Möglichkeiten. Tja, da unterschieden sie sich. Für Krishana, die im Licht der Abenddämmerung auf dem Balkon stand, bedeutete ein Vernichtungskrieg nicht nur die beste, sondern auch die einzige Lösung. Und ihre Armee war groß genug, um die Wulda auch allein in die Knie zu zwingen. Dies lag vor allem am ererbten Reichtum. Die Taboriten waren das einzige Haus, das ein stehendes Heer unterhielt. Die anderen verfügten lediglich über eine Schar Leibwächter und konnten das einfache Volk zu den Waffen rufen, aber dieser Pöbel würde ihrer bestens ausgebildeten und ausgerüsteten Streitmacht, die über tausend Mann zählte, niemals standhalten. Dazu kam, dass ihr einfaches Volk schlagkräftiger als das der anderen war. Oh, sie würde siegen. Krishana erging sich in Fantasien, was sie mit Pavel und seinen Söhnen anstellen würde, wenn der Widerstand erst gebrochen und das Palladium, der Hauptsitz der Wulda, besetzt war.

»Denkst du auch daran, was danach geschehen wird?«

Krishana fuhr zusammen. Erst glaubte sie, dass sie sich die kratzige, von Ironie triefende Stimme eingebildet hatte, dann bemerkte sie die schlanke Silhouette, die keine fünf Meter von ihr lässig an der Wand lehnte. Die Gestalt war in rotes Licht getaucht und ließ nun ein gackerndes Lachen hören.

»Rattenkönig«, sagte Krishana voller Verachtung. Das Oberhaupt der Skalka hatte Nerven, hier zu erscheinen, das musste sie ihm lassen. Die Ratten waren bekannt dafür, Schlupfwinkel und geheime Wege zu kennen, um überall in der Stadt unerwartet aufzu-tauchen, dennoch würde es ihm nicht gelingen, unversehrt wieder zu verschwinden, wenn sie es nicht wollte und Alarm schlug. Langsam und drohend wandte sie sich ihm zu.

»Was willst du?«, zischte sie.

»Och, nja«, tat der Rattenkönig, als müsste er sich das erst selbst überlegen, »nur eine winzige Kleinigkeit. Ich schlage vor, du wartest mit deiner Vendetta auf einen günstigeren Zeitpunkt.«

»Pah«, machte Krishana abfällig. »Was weißt du schon? Ich könnte dich festnehmen und ausweiden lassen.«

»Sicher, sicher, das könntest du wahrscheinlich«, stimmte der Rattenkönig leichthin zu und leckte sich über die Lippen, »aber was hättest du davon?«

»Ich würde mich an deinen Todesqualen laben«, erwiderte Krishana kalt. »Es wäre ein Vorgeschmack auf das, was ich mit der verfluchten Wulda-Sippe anstellen werde.«

»Aha!«, rief der Rattenkönig aus, ohne sich im geringsten darum zu scheren, dass ihn jemand hören könnte. »Und genau da liegt dein Fehler! Nicht die Ölfinger haben dein Schätzchen getötet.«

»Oh doch«, widersprach Krishana. Die Vorstellung, diese erbärmliche Kreatur leiden zu lassen, wurde immer verlockender. Wie konnte dieser Widerling es wagen, in diesem Tonfall über ihren Geliebten zu sprechen.

»Nein, nein, nein«, konterte der Rattenkönig, wobei er sich fahrig die Stirn rieb. »Nicht die Ölfinger, auch nicht die Kröten haben dein Herzblatt auf dem Gewissen, sondern das SYSTEM.« Er sprach das letzte Wort überdeutlich und mit einem Hass aus, der Krishana bestens vertraut war. Der Hass schuf eine Verbindung zwischen ihnen, und Krishana dachte über das Gesagte nach.

»Ah, jetzt reden wir«, freute sich der Rattenkönig, und seine dunklen Augen funkelten im schwächer werdenden Licht, das sich auf den Balkon ergoss. »Warte mit dem Angriff, bis auch wir bereit sind«, bat er, als würde er um eine Tasse Tee bitten, und fuhr fort: »Dann wird es ein Fest geben, das diese Stadt niemals vergessen wird.« Er streckte Krishana eine schmutzige Hand hin.

Die fleckige Hand war bestimmt nicht nur schmutzig, sie würde sich klebrig und feucht anfühlen. Krishana verzog angewidert den Mund, und der Rattenkönig nahm die Hand zurück und fuhr sich damit durch das strähnige Haar. »Sige, wir müssen ja nicht gleich Freunde werden«, sagte er etwas beleidigt.

»Übermorgen trifft sich der Hohe Rat«, überlegte Krishana laut. Sie hatte die Sitzung zweimal verschoben, man würde ihrem Gesuch nicht noch einmal stattgeben. Und sie konnte sich nicht vorstellen, Pavel zu begegnen, ohne ihm an die Kehle zu springen und ihm die hässlichen Augen auszukratzen.

Bei aller Verrücktheit – der Rattenkönig war ein guter Menschenkenner. »Hmm«, machte er. »Nja, ich verabscheue den Rat und sämtliche Mitglieder mindestens so sehr wie du.« Er kaute kurz auf seiner Unterlippe, dann schlug er vor: »Was hältst du davon, wenn ich auch kommen würde? So eine Maskerade kann ja auch Spaß machen.« Seine Stimme nahm einen verschwörerischen Ton an. »Wir gehen beide hin, wir verstellen uns. Und das wird uns gar nicht schwerfallen, weil wir wissen, was passieren wird. Wir werden wissen, dass all diese Bürokraten bald schon ihren Preis zahlen werden. Klingt das nicht ein wenig verlockend? Wir sehen ihnen in die Augen, in dem Wissen, dass diese Augen sich bald schon in Schrecken weiten werden.«

Krishana atmete tief ein und entließ die Luft langsam wieder aus ihren Lungen. »Versprichst du, das Gebiet der Taboriten in Frieden zu lassen?«

Der Rattenkönig schüttelte heftig den Kopf. »Oh nein, ich verspreche nie etwas. Deshalb halte ich all meine Versprechen.«

Krishana durchbohrte ihn mit ihrem Blick. Er wollte Chaos und Anarchie, und zu anderen Zeiten hätte sie alles darangesetzt, dass er seine Ziele nicht erreichte, aber heute ... Wieso nicht? Weshalb diese Stadt nicht in ihrem eigenen Blut ertrinken lassen? Diese Stadt, die ihren Geliebten auf dem Gewissen hatte. Sie nickte knapp.

»Vortrefflich«, frohlockte der Rattenkönig und klatschte in die Hände wie ein kleines Kind, das sich über ein überraschend großzügiges Geschenk freut.

Sie besiegelten ihren Pakt nicht. Der Rattenkönig schwang sich mit einer Geschicklichkeit, die sie ihm nicht zugetraut hätte, über das Geländer. Und dann sah Krishana nichts mehr von ihm. Plötzlich fühlte sie sich schwer. Ein Windzug streifte über den Balkon, und fröstelnd zog sie sich in ihre Gemächer zurück.

6. Kapitel

Bohdan hockte verunsichert in einer Limousine, die so lang war, dass sie im Mittelteil Platz für zwei gegenüberliegende Sitzreihen bot. Neben ihm saß mit versteinerter Miene Karel Kovar. Bohdan wusste kaum etwas über die Gepflogenheiten des Hauses Nepomuk, aber ihm war klar, dass es eine Ehre war, neben dem Oberhaupt sitzen zu dürfen. Ihm gegenüber starrte ihn ein Hühne von Mann aus blauen, kalten Augen argwöhnisch an. Er hatte sich ihm als General Horak vorgestellt. Neben diesem wiederum saß Ilja in seinem Nadelstreifenanzug, der ihn damals zu Meister Nathan geführt und ihn heute vor der Abfahrt aufgesucht hatte. Er hatte ihn gebeten, vor einer weißen Wand stillzustehen, dann hatte er einen Apparat aus einer Tasche hervorgeholt. Das seltsame Gerät hatte geblitzt. Bohdan war zusammengezuckt, und Ilja hatte amüsiert geschmunzelt.

Nun befanden sie sich auf dem Weg zum Hohen Rat. Es war ein Zeichen der Wertschätzung, auch wenn er selbstverständlich nicht selbst am Rat teilnehmen würde. Dennoch fühlte Bohdan sich unwohl. Von den drei Männern um ihn herum ging eine strenge Ernsthaftigkeit aus, die Bohdan vermittelte, dass er aufpassen musste, was er sagte oder tat. Fast bereute er es, sich gewünscht zu haben, das Kellerlabyrinth seiner Meisters zu verlassen. Dort kannte er wenigstens die Verhaltensregeln.

»General«, sagte Karel Kovar mit schneidender Stimme, »seien Sie so freundlich und geben Sie unserem jungen Freund seinen Pass.«

»Mit Vergnügen«, schnaubte General Horak in einer Tonlage, die nicht im geringsten Vergnügen zum Ausdruck brachte. Er griff in die Tasche seiner Uniformweste und reichte Bohdan ein rechteckiges, matt glänzendes Dokument von der Größe einer Handfläche.

Bohdan bedankte sich und betrachtete seinen Ausweis. Er las seinen Namen und wunderte sich über das kleine Bild, das am oberen linken Rand sein Gesicht zeigte. Merkwürdig, dachte er, dass man einen Gesichtsausdruck einfrieren konnte. Es war zweifellos er, da auf dem kleinen Foto, und dennoch erschien ihm etwas daran nicht richtig. Er bemühte sich darum, eine stolze Miene aufzusetzen, und dankte auch Karel Kovar.

Dieser nickte gütig. »Damit bist du ein offizieller Bürger von Prak City«, sagte er, als hätte er eben ein Geschenk von unermesslichem Wert gemacht.

Bohdan steckte den Ausweis in seine Sakkotasche. Das Sakko hatte fein säuberlich zusammengelegt neben seiner Schlafstätte gelegen, als er am Morgen erwacht war. Genau wie die anderen Sachen, die er trug. Die Hose mit der Bügelfalte, das hellblaue Hemd und die unbequemen Halbschuhe.

128

Die drei Männer schwiegen. Offensichtlich hatten interne Absprachen im Vorfeld stattgefunden, und bei den Nepomuk verschwendete allem Anschein nach niemand Worte auf Belanglosigkeiten. Obwohl Bohdan sich selbst verordnet hatte, zumindest an diesem Tag nicht an seine Studien zu denken, konnte er nicht anders, als das zuletzt Gelernte im Stillen zu wiederholen. Nach den langen, zähen Einführungen hatte Nathan im erst gestern zwei wirklich nützliche Dinge beigebracht. Er kannte nun einen schwachen Namen für Licht, der es ihm mit wenig Kraftaufwand gestattete, Helligkeit in einem kleinen Radius um sich herum entstehen zu lassen. Der zweite Spruch bestand aus einer Kombination des Unternamens für Haut und dem für fest/hart. Wenn er an einer beliebigen Stelle seines Körpers das Zwitterzeichen mit dem Finger aufmalte und dabei die beiden Unternamen aussprach, zog sich ein Panzer, einer Rüstung gleich, über ihn. Nathan hatte eine Nadel zur Hand genommen, um die Stärke zu testen. Sie war entzweigebrochen, als hätte er sie gegen Stein oder Metall gedrückt.

Es war eine lange Fahrt, und Bohdan war erleichtert, als die Limousine endlich anhielt, Schritte zu hören waren und Leibwächter die Wagentüren öffneten.

Sie hatten vor einem gigantisch großen Gebäude gehalten. Zu beiden Seiten befanden sich Türme, von deren Kuppeldächern goldene Spitzen in den blauen

Himmel ragten. In der Mitte erhob sich ein mächtiger Turm noch höher als seine beiden Brüder. Geflügelte Statuen auf Simsen flankierten ihn, und ganz oben thronte über allem ein von Säulen getragenes Dach, das ebenfalls in einer dünnen Spitze auslief. Lange Treppen führten hinauf zu einer offen stehenden Eingangspforte.

Als Bohdan sich zusammenriss, das eindrucksvolle Gebäude nicht weiter zu bestaunen, bemerkte er die anderen Limousinen, die in einigem Abstand parkten. Aus jedem der Wagen stiegen würdevoll Männer in Anzügen und Frauen in kostbaren Kleidern oder Kostümen. Keine Frage, dies waren die Regenten von Prak City, die mächtigsten Personen in den Ödlanden.

»Bohdan«, holte ihn Karel Kovars Stimme in die Wirklichkeit zurück, »du kannst uns bis zum Eingang begleiten – wenn du willst.«

Er wollte. Eingerahmt von Leibwächtern stieg Bohdan hinter Karel, dem General und Ilja die Stufen hoch. Ein Schulterblick zeigte ihm, dass hinter ihnen ein ähnlicher Trupp anrückte. Aber auch auf der langen Treppe wurde respektvoll Abstand gehalten. Auf einer breiten, steinernen Terrasse angelangt, drehte sich Kovar zu ihm um. »Du kannst hier warten oder dich nach Hause fahren lassen.«

»Danke, dass sie mich hierher mitgenommen haben«, erwiderte Bohdan, »ich weiß das wirklich zu …«

Es hatte keinen Sinn weiterzusprechen, denn das

Oberhaupt der Nepomuk hatte sich bereits abgewandt und ging, begleitet von dem General und Ilja, auf die Pforte zu. Obwohl man ihn hatte stehen lassen, lächelte Bohdan. Auf keinen Fall wollte er jetzt zurück in Nathans Keller, das alles war viel zu aufregend. Er hielt sich bei den Leibwächtern des Hauses Nepomuk und bewunderte den neu eintreffenden Trupp. Drei Männer mit langen grauen Bärten, abgeschirmt von jüngeren, die allesamt braune Anzüge trugen. Kurz streifte ihn der kluge Blick des offensichtlichen Oberhaupts.

»Ismael, aus dem Hause Tanach«, kommentierte ein Leibwächter an Bohdans Seite, der seine Erregung wahrgenommen hatte.

»Und die da?«, fragte Bohdan und nickte zu einer anderen Gruppe, die sich aus der Gegenrichtung näherte. Eine Frau mit schwarzem Schleier vor dem Gesicht und in einem langen wallenden Kleid schritt in anmutigen Bewegungen voran.

»Krishana von den Taboriten« flüsterte der Leibwächter. »Die sind auf Ärger aus.«

Bohdan musterte die deutlich ältere Frau neben Krishana und den hochgewachsenen Mann auf ihrer anderen Seite. Es stimmte, ihre Mienen waren grimmig, und in ihren Augen funkelte Zorn.

»Und wer …«, setzte Bohdan an, um abrupt zu verstummen.

»Das sind die Fanta«, erklärte der Leibwächter, der Bohdans plötzliches Verstummen nicht bemerkt zu haben schien. »Viktor, sein Bruder Marek und Alba.«

Bohdan hörte die Namen gedämpft als kämen sie aus weiter Ferne. Sein Magen zog sich zusammen, und sein Atem geriet ins Stocken. Danija! Sie war es ohne jeden Zweifel. Aber sie hatte sich verändert. Ihre Haltung war aufrechter, und in dem maßgeschneiderten, enganliegenden dunklen Kleid wirkte sie, als hätte sie eine feste Stellung neben den Anführern des Hauses der Fanta inne. Bohdan erinnerte sich, wie sie ihn im Stich gelassen und ihn bestohlen hatte, doch es wollte keine Wut in ihm aufsteigen. Sie war noch immer schön. Beim Wahren Namen des Feuers, wie schön sie war! Jetzt bemerkte sie auch ihn. Einen Augenblick weiteten sich ihre Augen vor Erstaunen, dann verhärtete sich ihre Miene.

Im Gefolge der Fanta befanden sich zwei weitere vertraute Gesichter. Bohdan war dem Mann mit dem sonderbaren, großen Hut und der Frau, deren lange blonden Haare von einem schwarzen Stirnband zurückgehalten wurden, schon einmal begegnet; damals als er mit Jaro, dem Revolverhelden der Baronesse, das Geschäft in der Wüste abgewickelt hatte. Die Frau – Alba, erinnerte sich Bohdan an ihren Namen – löste sich von der Gruppe und kam geradewegs auf ihn zu.

132

»Boh, der Diplomat«, sprach sie ihn mit dünnem Lächeln an. »Schon seltsam, wie das Schicksal spielt. Ich hätte nicht gedacht, dich hier anzutreffen.« Alle Freundlichkeit wich aus ihrer Stimme, als sie fortfuhr: »Du hast dich also dem Hause Nepomuk angeschlossen.«

Bohdan zuckte verlegen mit den Schultern.

Alba ließ ein leises, humorloses Lachen erklingen. »Bei unserer letzten Begegnung warst du nicht so auf den Mund gefallen.«

»Das war etwas anderes«, brachte Bohdan heraus. Er konnte sich nicht konzentrieren, die Anwesenheit Danijas brachte ihn völlig durcheinander.

»Ach so ist das«, sagte Alba, die seinem Blick gefolgt war. Sie tippte sich mit dem Finger auf die Lippen und sagte: »Nun, ihr habt ausreichend Gelegenheit, euch auszutauschen. Die heutige Ratssitzung wird einige Zeit in Anspruch nehmen. Diplomaten sind momentan gefragter denn je.« Sie zwinkerte.

Bohdan holte Luft, um etwas zu erwidern, aber Alba lachte nur erneut und meinte: »Bis zum nächsten Mal, Boh.«

Sie wandte sich ab und schloss sich wieder dem Rest ihrer Truppe an, und auf einmal stand niemand mehr zwischen ihm und Danija. Bohdan fasste sich ein Herz und ging auf sie zu. Danija schien zu seufzen, aber dann näherte sie sich auch ihm mit kleinen Schritten. Kurz voreinander blieben sie stehen. Danija musterte Bohdan unverhohlen. Er wollte sie anbrüllen, ihr an den Kopf werfen, was für eine verflucht schlechte Freundin sie war, aber dann bemerkte er diese tiefsitzende Traurigkeit an ihr, und die anklagenden Worte blieben ihm im Hals stecken.

»Du bist so blass«, sagte Danija leise, »du siehst fürchterlich aus.«

In ihrer Stimme lag ehrliches Mitgefühl. Aber Bohdan wollte sich nicht bemitleiden lassen, nicht ausgerechnet von ihr. »Mir geht es gut«, erwiderte er gereizt. »Ich habe einen neuen Mentor gefunden, so wie du offensichtlich auch.«

Danija lächelte matt. »Lass uns ein paar Schritte gemeinsam gehen«, schlug sie vor. »Ein wenig Sonne wird dir guttun.«

Als ob es sie wirklich interessierte, dass es ihm gutging! Dennoch sah Bohdan fragend zu dem Leibwächter, der einwilligend nickte. Sie gingen ohne jede Eile die lange Treppe hinunter, bis sie aus dem Schatten des hohen Gebäudes waren und die Sonne ihre Haut wärmte. Ärgerlicherweise hatte Danija recht gehabt, die Strahlen waren mehr als nur ein wenig angenehm. Sein Körper hatte nach Sonnenlicht gelechzt, und Bohdan spürte, wie sie ihn mit Energie fluteten.

»Hör zu, Bohdan«, sagte Danija ernst, »es tut mir leid, dass ich dich allein gelassen habe. Aber es ist anders als du vielleicht denkst. Ich hatte gute Gründe für meine Entscheidung.«

»Hattest du auch gute Gründe dafür, mir den Ring und den Wagen zu stehlen?«, konterte Bohdan bissig.

Danija zuckte mit den Schultern. Die hatte vielleicht Nerven! Und zu allem Überfluss trug sie den Ring, den der Wanderer mit seinem letzten Atemzug ihm geschenkt hatte, am Mittelfinger ihrer linken Hand.

»Ich will ihn zurück«, sagte Bohdan.

Danija schien nachzudenken, ehe sie ohne ihn anzusehen knapp erwiderte: »Nein.«

Jetzt reichte es Bohdan. Er musste wissen, was sie dachte. Obwohl er Nathan versprochen hatte, seine alten Kräfte nicht mehr einzusetzen, griff er aus sich hinaus, um Danijas Aura zu lesen – und als wäre er gegen eine elastische Mauer geprallt, wurde sein Bewusstsein in seinen Körper zurückgeschleudert. Sie war mächtig geworden, und sie hatte den Ring noch nicht einmal eingesetzt.

»Lass das bleiben«, wies sie ihn an. Danija kaute auf der Unterlippe, und sie gingen einige Schritte gemeinsam durch das Sonnenlicht, das ihr viel zu gut stand. »Ich kann dir den Ring nicht zurückgeben, aber es liegt im Rahmen meiner Möglichkeiten, dir den Wagen zu ersetzen.«

»Ersetzen?«, meinte Bohdan ärgerlich. »Mit Quins kann ich nichts anfangen.« Und spontan, ohne darüber nachzudenken, fügte er hinzu: »Ich will den Wagen!«

Sie musterte ihn von der Seite, und ihr Kopf neigte sich ein winziges Stück. »Einverstanden. Ich werde sehen, was ich tun kann.«

Bohdan schnaubte. Er war in eine Falle getappt. Er brauchte einen Wagen genauso wenig wie Geld, und nun verhandelten sie, obwohl es nichts zu verhandeln gab. Sie hatte ihn bestohlen.

Danija blieb stehen und wandte sich ihm zu. »Bohdan, du bist in Gefahr. Die Nepomuk planen etwas Scheußliches.«

»Ach«, fauchte Bohdan, »und die Fanta sind harmlose Ackerbauern, oder wie?«

»Hör mir doch zu …«, bat Danija, aber Bohdan wollte ihr nicht zuhören. Sie missgönnte ihm doch bloß, dass auch er einen Platz gefunden hatte, und er würde sich sein neues Leben nicht von ihr schlechtreden lassen. »Nein, du hörst jetzt mir zu!« Er packte sie grob am Arm. »Du treibst den Wagen auf, und dann überlegst du dir, mit welchem Recht du den Ring am Finger trägst!«

Er hielt sie noch immer fest. Zweifellos hätte sie ihn mental oder physisch abschütteln können, aber sie tat es nicht. Stattdessen legte sie die freie Hand auf seinen Oberarm. Bohdan wusste nicht, wie ihm geschah. Im nächsten Augenblick umarmten sie sich, ihre Körper schmiegten sich aneinander, und er konnte nicht verhindern, dass ihm Tränen in die Augen stiegen.

Für Danija war die Umarmung eine Qual und eine tiefe Freude zugleich. Ihr war nicht bewusst gewesen, wie sehr sie den närrischen Baichi vermisst hatte. Auch ihre Augen wurden feucht, aber da fiel ihr Blick auf Bohdans Handrücken, der auf ihrer Schulter lag. Ein arkanes Zeichen war in die Haut geritzt. Sie prägte es sich genau ein.

Sie lösten sich voneinander und sahen sich tief in die Augen.

»Ich muss jetzt los«, sagte Danija.

Bohdan fehlten die Worte. Er konnte nur nicken und ihr nachsehen, wie sie zu einer der Limousinen der Fanta ging. Der Mann mit dem großen Hut gesellte sich zu ihr, sie stiegen ein, und die Limousine fuhr davon. Verwirrt, aber mit einem sonderbar warmen Gefühl im Herzen blieb Bohdan zurück.

***

Nach einem ersten Durchgang ohne Einigung war Ismael von den Tanach beim zweiten ohne Gegenstimmen, allerdings mit drei Enthaltungen die Redeleitung anvertraut worden. Die Aufnahme der Tagesthemen war abgeschlossen, schriftliche Anträge waren keine eingereicht worden. Ismael überflog durch eine Lesebrille, die auf seiner Nasenspitze saß, das Blatt, auf dem er sich die Tagesordnung in kleiner, säuberlicher Handschrift notiert hatte. Er unterdrückte ein

Seufzen. Wie zu erwarten gewesen war, würde es eine heikle Sitzung werden. Er durfte sich keinen Fehler erlauben und musste unter allen Umständen Neutralität nicht nur wahren, sondern dieselbe unmissverständlich zum Ausdruck bringen.

»Räte und Rätinnen«, hob er an, »ich eröffne hiermit die siebenhunderteinundzwanzigste Stadtratssitzung.«

Sein Blick wanderte zu Václav Loizel, besser bekannt unter dem Namen *Rattenkönig*, der lässig ein Knie hochgestellt hatte und breit grinsend auf seinem Stuhl lümmelte.

»Zunächst möchte ich meine Freunde darüber zum Ausdruck bringen, dass wir zum ersten Mal seit langer Zeit vollzählig sind.«

Der Rattenkönig machte eine Geste, als würde er einen Hut ziehen, und Ismael fuhr fort: »Sodann bekräftige ich hiermit noch einmal mein Beileid gegenüber dem Haus der Taboriten. Ransaël war ein wertvolles Mitglied dieses Rates, der die schwere Bürde seines Amtes mit vorbildlichem Anstand getragen hat. Er vertrat die Interessen seines Hauses mit Umsicht und Weitsicht, ohne dabei jemals das Gesamtwohl der Stadt aus den Augen zu verlieren. Wir sollten uns ein Beispiel an ihm nehmen, und ich für meinen Teil werde seine klugen Worte und seine tapfere, stets wohl durchdachte Entschlusskraft niemals vergessen.«

Sein Blick traf den von Krishana. Sie hatte ihren Schleier zurückgeschlagen und Ismael musste sich zusammenreißen, um nicht zu schaudern. Ihr einstmals langes wallendes Haar war einer stacheligen Kurzhaarfrisur gewichen. Offensichtlich hatte sie sich die Haare ohne Spiegel selbst geschnitten. In ihren Augen glomm ein dunkles Feuer.

»Kurz«, fügte Ismael hinzu, wobei er dem Blick Krishanas mit Mühe standhielt, »er wird uns schmerzlich fehlen – aber die Welt dreht sich weiter.«

Krishana bleckte die Zähne wie ein Raubtier. Ismael zwang sich, ruhig zu bleiben. Er hatte keinen Fehler gemacht; ganz gleich, was er sagte, Krishana würde es als Provokation auffassen. Es war nur zu hoffen, dass Jaromir und die neu ernannte Rätin Irka sie zur Räson bringen konnten.

Ismael nickte, eher um sich selbst zu bestärken. »Kommen wir zu Punkt eins der Tagesordnung. Das Haus Wulda hat aufgrund von Lieferschwierigkeiten ohne Zustimmung dieses Rates den Benzinpreis hochgesetzt.« Ismael schaute in seinen Notizen nach, ehe er präzisierte: »Und zwar auf einen Preis von 2,75 Quins pro Liter.«

»Da hätten sie ihn auch gleich auf hundert setzen können«, knurrte Marek. »Und jede Wette darauf, dass die Kröten den alten Preis zahlen.«

Ismael überlegte kurz, einzugreifen und Marek wegen der Beleidigung zu ermahnen, aber irgendwann musste es zu einer offenen Diskussion kommen, und dass dabei Ressentiments und Verdächtigungen zur Sprache kamen, war unvermeidlich.

»Wir mussten zwei Anschläge erdulden«, verteidigte sich Pavel, der Taipan der Wulda, mit kalter Wut. »Selbstverständlich wirkt sich das auf die Preise aus.«

Ein Schlagabtausch der beiden Häuser entstand, bei dem mehr oder minder versteckte Vorwürfe gemacht wurden, allerdings beschuldigte weder der Taipan noch seine beiden Söhne die Vertreter der Fanta eines Komplotts. Ismael wusste von den geheim geschlossenen Bündnissen. Seine Strategie setzte darauf, dass sich beide Seiten im Vorteil glaubten und niemand so töricht wäre, den allen zum Vorteil gereichenden Frieden der Häuser bewusst aufs Spiel zu setzen. Geschickt lenkte er die Diskussion so, dass den Räten dieser Vorteil, das komplizierte Geflecht wechselseitiger Abhängigkeiten wieder bewusst wurde, und die Taboriten, die sich noch kein einziges Mal zu Wort gemeldet hatten, immer mehr isoliert wurden.

Auch der Rattenkönig hatte sich bisher noch nicht eingemischt. Seine Zurückhaltung machte Ismael nervös. Ihn hatte er nicht auf der Rechnung gehabt, als er die Sitzung im Vorfeld kalkuliert hatte. Aber auch wenn er von seinem Erscheinen gewusst hätte, wie hätte er einen Wahnsinnigen in seiner komplexen Taktik berücksichtigen sollen? Immerhin verfügte er im Gegensatz zu allen anderen Häusern lediglich über eine Stimme. Aber es war nicht die eine Stimme, die Ismael Sorgen bereitete, sondern die Frage, weshalb er sich nach langer Abwesenheit gerade heute entschieden hatte, am Rat teilzunehmen. Eines war völlig klar, die Skalka hegten grundsätzlich keine guten Absichten. Sie fühlten sich als Opfer der Ordnung und wollten gerade den Umbruch, den Ismael zu verhindern suchte.

Konzentration!, ermahnte er sich, er durfte sich nicht von dem grinsenden Anarchisten ablenken lassen. Er ließ Viktor ausreden, um Karel Kovar zuvorzukommen und ernst einzuwerfen: »Ein zweiter Zugang zur Stadt hätte eine Dezentralisierung zur Folge. Die Pässe wären nicht mehr einheitlich, und mögliche Feinde von außerhalb könnten sich diese Verwirrung zunutze machen. Außerdem würde es Ressourcen des Hauses der Wulda binden. Ressourcen, die wesentlich besser auf einen Ausbau des Handels und die Schienensicherung verwendet werden könnten.«

Viktor verzog den Mund und schöpfte Atem, um seine Drohung weiter Gestalt annehmen zu lassen. Mehr war es nicht, nur eine Drohung, eine Finte, welche dem Zweck diente, die Nepomuk zu verunsichern und die Bedeutung ihrer alteingesessenen Rolle als Brückenwächter kleinzureden.

Alba hörte den Argumenten und Gegenargumenten aufmerksam zu. Sie verstand, was Ismael im Schilde führte, und bewunderte ihn für seine Raffinesse.

Nach einer knappen halben Stunde des Gesprächs, das Ismael mit geschickten, unbestreitbaren Einwürfen gelenkt hatte, war es soweit – die drei Oberhäupter Viktor, Pavel und Karel gaben einander zu erkennen, dass sie zu Kompromissen und Zugeständnissen bereit waren. Der nun notwendig folgende Eiertanz, bei dem jeder versuchte, vernünftig einzulenken und zugleich sein Gesicht zu wahren, hatte kaum begonnen, als die Stimmung plötzlich kippte. Viktor hatte eben erklärt, dass das von ihm vertretene Haus auf Nachhaltigkeit setze, da brach ein lautes, schrilles Lachen aus dem Rattenkönig heraus.

Viktor kniff die Augen zusammen und sah ihn böse an, aber es war Ismael, der wartete, bis das Oberhaupt der Skalka sich wieder einkriegte, um dann zu fragen: »Können wir nun fortfahren?«

»Nein«, sagte der Rattenkönig brüsk, während er sich Tränen aus den Augen wischte. »Wollt ihr denn gar nicht wissen, was so lustig ist?«

»Sige«, erwiderte Viktor drohend, »was erheitert dich derart?«

Der Rattenkönig leckte sich die Lippen, sein unsteter Blick wanderte von einem zum anderen, dann meinte er: »Dieses ganze Gerede von Häusern ist urkomisch. *Häu-ser*«, er strapazierte das Wort, »das klingt so, als wären wir etwas anderes als einigermaßen gut organisierte Gangsterbanden.« Er blinzelte und sperrte den Mund auf, als wollte er noch etwas hinzufügen, aber es kam nichts.

Ismael fragte sich, ob der Wirrkopf den Faden verloren hatte – sofern er jemals einem gefolgt war. Einige Augenblicke herrschte peinliches Schweigen.

Ganz sachlich sagte Ismael, an den Rattenkönig gerichtet: »Wir sind in der Tat mehr als nur Gangsterbanden. Wir achten nicht bloß auf den eigenen Vorteil, sondern vertreten die Interessen der Bürger in unseren Bezirken. Außerdem folgen wir Regeln und Gesetzen.«

»Ah, verstehe«, schnappte der Rattenkönig, wobei nicht deutlich war, ob er es ironisch meinte. Er blinzelte und wedelte mit der Hand. »Fortfahren!« Alle Augen ruhten irritiert auf ihm. »Was glotzt ihr so?«, keifte er. »Weitermachen, hab ich gesagt, ich hab noch was vor. Also bitte, also bitte!«

Ismael nickte Viktor zu, und dieser holte Luft, um an der Stelle fortzufahren, an der er unterbrochen worden war.

Alba war die einzige in der Runde, die annähernd begriff, was eben vorgefallen war. Sie hatte aus dem Augenwinkel Krishana beobachtet und bemerkt, dass sie kurz vor einem Wutausbruch gestanden hatte, just bevor der Rattenkönig Viktor ins Wort gefallen war. Es war eine beabsichtigte Ablenkung gewesen, die Krishana die Gelegenheit geboten hatte, sich wieder etwas zu beruhigen. Kein Zweifel, der Rattenkönig

143

war nicht ganz so verrückt, wie es den Anschein erweckte. Nein, er verfolgte wie jeder am Tisch einen Plan. Er hatte verhindert, dass Krishana möglicherweise Dinge anführte, die Ismaels Beschwichtigungskurs hätten gefährden können. Plötzlich kam ihr ein weiterer Verdacht. Wenn nun die Skalka für den Anschlag auf die Raffinerie der Wulda verantwortlich waren? Würde sie das am Ende nicht gar zu Verbündeten machen? Nein, entschied sie. Auf die Skalka war kein Verlass. Was auch immer sie für ein Spiel treiben mochten, es war keines, das Gewinner vorsah.

Die letzten Punkte auf der Tagesordnung verwischten, gingen ineinander über, und dennoch war jedes Thema am Ende ausführlich besprochen und zur Zufriedenheit desjenigen behandelt worden, dem es ein Anliegen gewesen war. Ismael schloss die Sitzung mit einem Zitat von Ransaëls Vater: »Der beste Gebieter ist der,«, sagte er mit seiner wohlklingenden, ruhigen Stimme, »der keiner sein will. – Wir treffen uns nächste Woche wieder.«

Die Räte erhoben sich und verließen den Saal. Nun würden sich neue Gruppen bilden, neue geheime Bündnisse würden angedacht und vorsichtig eingeleitet werden. Dann würde ein Haus nach dem anderen seine abgegebenen Waffen zurückerhalten, und man würde sich trennen, um sich möglicherweise vor der nächsten Ratssitzung im Verborgenen zu treffen.

144

Die anderen waren schon gegangen, nur Krishana, Jaromir und Irka von den Taboriten saßen noch auf ihren Plätzen. Jaromir flüsterte seiner Herrin etwas ins Ohr. Verächtlich verzog sie den Mund, nickte dann jedoch knapp und erhob sich. Alba straffte sich, ignorierte den Kloß in ihrem Hals und ging ihr entgegen.

»Krishana, es tut mir ...« Weiter kam sie nicht.

»Wie kannst du es wagen!«, fauchte die Herrin der Taboriten. »Ihr habt mich verraten! Ein paar verdrehte Worte, ein paar Schmeicheleien, und ihr seid bereit, mit jenen zu kuscheln, die Ransaël ermordet haben?« Sie spuckte die Worte aus wie Gift. »Ihr seid erbärmlich, und erbärmlich werdet ihr zugrunde gehen.«

Damit ließ sie Alba stehen und verließ den Saal. Jaromir zuckte entschuldigend mit den Achseln, ehe er seiner Herrin folgte. Alba schluckte schwer. Sie musste sich mit Viktor beraten.

***

Bohdan war gut gelaunt in das Kellerlabyrinth seines Mentors zurückgekehrt. Die Dunkelheit schreckte ihn nicht mehr, und das Gefühl der Beklemmung verflog vollends, als Nathan ihm zugestand, einmal die Woche das Gebäude zu verlassen. Im Nachhinein fragte sich Bohdan, weshalb er überhaupt befürchtet hatte, Nathan könne ihm die Bitte abschlagen. Er war schließlich sein Schüler und nicht sein Gefangener. Vermutlich hatte sich seine Sorge auf die Erfahrung mit der Baronesse und das dumme Geschwätz Danijas gegründet. Ja sicher, sie hatte dummes Zeug geredet, aber sie hatte sich auch bei ihm entschuldigt und ihn mit diesen wunderschönen Augen – fraglos den schönsten Augen in den gesamten Ödlanden – angesehen. Nathan hatte, wie es einem Meister angemessen war, nachgeschoben, er dürfe deshalb jedoch keinesfalls seine Studien vernachlässigen und müsse gut auf sich aufpassen, wenn er nach draußen gehe, und dürfe das Haus stets nur in Begleitung von Leibwächtern verlassen. Bohdan hatte dankbar alles versprochen und sich vorgenommen, seine Bemühungen zu verdoppeln.

Und das tat er. Ohne Ängste und flehende Stimmen im Kopf lernte es sich besser. Bald beherrschte er eine ganze Reihe von komplizierten Zeichen im Schlaf, und beinahe hatte er den Eindruck, er begriff und lernte für Nathans Geschmack zu schnell. Den größten Fortschritt brachte Bohdans Verständnis von den Unternamen für Zeit und Kausalität. So war es ihm möglich, ein Symbol, zum Beispiel das für Feuer, mit einer bestimmten Tageszeit oder einem Ereignis zu verbinden. Sein erster Erfolg bestand darin, dass, wann immer er seine Kammer betrat, die Kerzen wie auf Kommando aufloderten. Bohdan musste daran denken, wie hilfreich diese Form der Magie in der

Wildnis wäre. Ohne weitere Hilfsmittel wäre es damit möglich, Fallen zu stellen.

Aber er war nicht mehr so einfältig wie zu Beginn seiner Lehre bei dem Blinden Nathan. Er bettelte nicht mehr darum, dass dieser ihm die Wahren Namen nannte. Es war gut, zunächst nur mit Unternamen zu experimentieren, die Gefahr, folgenschwere Fehler zu begehen, war auch so groß genug. Dennoch näherte er sich den eigentlichen Namen langsam an. Durch die oft andeutenden Erklärungen Nathans und seine eigenen Studien begriff er, dass die Wahren Namen nicht in Büchern zu finden waren und auch, dass sie keiner bestimmten Sprache entsprangen. Es war auch nicht allein die Aussprache, die sie ausmachten, obwohl Nathan oft betonte, wie wichtig eine exakte Lautbildung war. Ein Wahrer Name war die Essenz einer Sache, in der die gesamte Wesenhaftigkeit der Sache aufging, das hatte Bohdan sich zusammengereimt. Der Wahre Name des Wassers beispielsweise müsste nicht nur *fließen* und *glucksen, schäumen* und *Anpassungsfähigkeit* ausdrücken, sondern auch die Bedeutung von kleiner Welle, großer Welle, See, Fluss, Ozean und all den anderen Aspekten, die das Element ausmachten, in sich tragen und zum Klingen bringen. Nathan erzählte von einem Meister, der sein ganzes Leben der Suche nach einem einzigen Wahren Namen gewidmet hatte. Ob er ihn gefunden habe, fragte Bohdan. Nathan schmunzelte und gestand, dass er es nicht wisse.

Bohdans erster Ausflug in die Stadt verlief unspektakulär. Er ließ sich ins Zentrum fahren, verbrachte eine Stunde in einer gediegenen Kneipe, beobachtete die fremden Menschen und bat die beiden Leibwächter am Nebentisch, sie mögen ihn wieder heimbringen. Obwohl es nur ein kurzer Abstecher in die normale Welt gewesen war und Bohdan sich allmählich ärgerte, dass Danija keinen Kontakt mit ihm aufnahm, hatte es gut getan, andere Gesichter zu sehen. Und ihm wurde klar, dass er gar nicht mehr brauchte, um sich wohl zu fühlen. Nur das Gefühl, kein Gefangener zu sein.

Selbst wenn er träumte, lernte er. Und manchmal gingen ihm dabei Dinge auf, an denen sich sein waches Bewusstsein die Zähne ausgebissen hatte. Vor allem eine Erkenntnis, die er sich gleich nach dem Aufstehen von Nathan bestätigen ließ, verdankte er einem Traum. Er hatte geträumt, dass er selbst einen Zauber schuf. Genau konnte er sich nicht erinnern, was er damit zuwege gebracht hatte, nur an die Möglichkeit, abseits aller Bücher und Lehren selbst einen Spruch zu entwickeln, der tatsächlich wirkte, erinnerte er sich. Nathans Stirn legte sich in tiefe Falten. Und mit einem Ausdruck in der Stimme, den Bohdan nicht von ihm kannte, sagte er: »Die Kunst des Kreierens zählt zu den höchsten aller kabbalistischen Künste.

Nur die Fortgeschrittensten und Weisesten unter uns wagen es.«

Bohdan lenkte sogleich ein: »Meister, ich bin nicht vermessen. Mir ist bewusst, dass ich nicht fortgeschritten und ganz bestimmt nicht weise bin. Es war ja nur ein Traum.«

Nathan schüttelte nachdenklich den Kopf. »Es ist kein Traum. Wir können zum Schöpfer unseres eigenen Wirkens werden.« Er seufzte. »Bei deinem großen Talent zeugen dein Maßhalten, deine Geduld und dein Vertrauen zu mir von Reife. Du bist ein guter Schüler. – Um ehrlich zu sein, der beste, den ich je hatte.«

Bohdan fühlte sich stolz und geschmeichelt, er verstand nur den Unterton in der Stimme seines Mentors nicht. Er glaubte Traurigkeit und noch etwas anderes darin zu erkennen, aber das ergab keinen Sinn. Weshalb sollte es Nathan traurig machen, wenn er ihm ein guter Schüler war? Vielleicht war ihm eine alte Geschichte in den Sinn gekommen. Möglicherweise ein Schüler, mit dem es kein gutes Ende genommen hatte.

Bohdan beschloss, sich nichts anmerken zu lassen. »Ich danke Euch, Meister.«

»Ach, ich habe noch etwas für dich«, sagte Nathan, als wäre es ihm gerade erst wieder eingefallen. Er holte eine kleine, versiegelte Schriftrolle hervor und reichte sie Bohdan.

Bohdan sah verwirrt auf und blickte in Nathans schmunzelnde Miene. »Ein Brief. Ich vermute, er stammt von einem gewissen jungen Fräulein.«

Er wusste also von Danija. Natürlich wusste er von ihr, schalt sich Bohdan. Nichts entging Nathan. Er konnte zwar nicht mit den Augen sehen, aber seine anderen Sinne waren rasiermesserscharf. Plötzlich fragte sich Bohdan, ob er auch von seinem Traum erfahren hätte, wenn er ihn verschwiegen hätte. Ein müßiger Gedanke.

Nathan erhob sich, den alten Mann mimend, und Bohdan brach das Siegel auf. Unwillkürlich überkam ihn ein Lächeln, als er die geschwungene Handschrift erkannte. Er las:

Bohdan, mein lieber Freund,

der Rückerwerb Deines Wagens gestaltet sich trotz meiner Mittel schwieriger als erwartet. Du hattest bereits mein Versprechen, dass du ihn wieder bekommst, nun wiederhole ich es.

Ich schreibe Dir, weil ich Dich vermisse und Dich sehen möchte. Wenn es Dir genauso geht und Du auch mich sehen willst, komm nächsten Sonntag bei Einbruch der Abenddämmerung in den alten Mönchsgarten.

Ich hoffe, Du lässt mich nicht sitzen.

Deine Danija

Bohdans Herz schlug Saltos in seiner Brust. Es dauerte eine ganze Weile, bis er sich wieder beruhigte und sein analytischer Verstand sich einschaltete. Er war letzten Sonntag in die Stadt gegangen und an dem zuvor. Das erste Mal waren sie sich vor dem Ratsgebäude begegnet, aber erst das zweite Mal machte eine Gewohnheit daraus. War es Zufall, dass sie ausgerechnet den Sonntag gewählt hatte? Kaum. Wahrscheinlicher war, dass die Fanta ihn beobachteten. Oder spann er sich da etwas zusammen?

Die Zeilen entsprachen so sehr seinen tiefsten Wünschen, dass er sogar auf den Gedanken kam, der Brief könne eine Fälschung sein. Jemand könnte ihn damit in eine Falle locken wollen.

Mein lieber Bohdan, ermahnte er sich selbst, *nimm dich nicht zu wichtig! Du hast keine Feinde in dieser Stadt, und niemanden interessiert, mit wem du dich bei Einbruch der Dämmerung triffst.* Genau, er hatte hier doch keine Feinde. Niemand würde sich die Mühe machen, wegen ihm einen gefälschten Brief aufzusetzen, nur, um ihn irgendwohin zu locken, und außerdem war es definitiv Danijas Handschrift.

Er zwang sich, aufzustehen, den Platz zu wechseln und mit seinen Studien fortzufahren. Den Brief nahm er allerdings mit sich, er steckte ihn jeweils hinten in das Buch, das er gerade las. Und wenn seine Gedanken abschweiften, nahm er ihn heraus.

Nach der nächsten Schlafphase betrachtete er ihn mit mehr Distanz, von einer anderen Perspektive aus, nämlich aus der von Danija. Er stellte sich vor, wie sie an einem Schreibtisch im Ostteil der Stadt saß und die Worte niederschrieb. Bei ihrem Stolz musste es ihr schwer gefallen sein, die Sätze nicht nur zu denken, sondern auch noch aufs Papier zu bringen. *Ich schreibe Dir, weil ich Dich vermisse und Dich sehen möchte.* Bohdan konnte sich nicht vorstellen, wie sie diese Worte aussprach, und die Aussage wurde nur ein wenig von dem flapsigen *Ich hoffe, Du lässt mich nicht sitzen* abgeschwächt. Er war ein hoffnungsloser Baichi, dessen war er sich bewusst, dennoch, er war bereit, ihr zu verzeihen.

7. Kapitel

Die Wulda hatten viele Verstecke und verborgene Werkstätten in ihrem Bezirk, aber ein Platz war geheimer als alle anderen. Mit äußerster Sorgfalt war darauf geachtet worden, dass kein Spion der anderen Häuser von ihm erfuhr. Kaum eine Handvoll vertrauenswürdiger Männer wusste davon, und für jeden dieser Männer hätte Pavel nicht nur seine Hand, sondern auch sein bestes Stück ins Feuer gelegt. Sein älterer Sohn Vojtech, der ihn begleitete, gehörte dazu, nicht aber sein jüngerer Sohn Matej. Es waren beide gute, loyale Jungen, aber Matej neigte gelegentlich trotz seines sonstigen Pflichtbewusstseins zu Ausschweifungen, und außerdem dachte Pavel, dass es eine gute Lektion für Vojtech war, ein Geheimnis vor seinem Bruder zu wahren. Wenn er ihn einmal als Taipan ablösen sollte, musste er über das Durchhaltevermögen verfügen, selbst seinen engsten Vertrauten gegenüber gewisse Dinge für sich zu behalten.

Sie hatten das von Pavel selbst ausgeheckte Sicherheitsprotokoll streng eingehalten. Ein Leibwächter hatte sie in eine Tiefgarage gefahren, dort waren sie umgestiegen, hatten exakt fünf Minuten gewartet, um den zuvor in Auftrag gegebenen Ablenkungs- und Verwirrungsmanövern ausreichend Zeit zu geben, und waren dann auf Schleichwegen zur vermeintlich verlassenen Metrostation gefahren. Viele dieser Stationen aus der alten Zeit waren versiegelt worden, weil die Skalka sie für sich beanspruchten, aber nicht diese. Durch die Folgen eines Erdbebens war sie vom Rest des Netzes abgeschnitten worden, und Pavel hatte persönlich sichergestellt, dass es keine geheimen Zugänge gab.

Seite an Seite stiegen sie eine in Mondschein getauchte Treppe hinab, bis sie vor einem Geröllhaufen standen, der den Weg versperrte. Pavel kniete sich an der Seitenwand nieder und öffnete eine gut getarnte Klappe, hinter der sich ein Display befand. Bewusst ließ er zu, dass Vojtech erkennen konnte, welchen Zahlencode er eingab. Knirschend wurde einer der Brocken von einem verborgenen Flaschenzug beiseite geschoben, wodurch sich ein schmaler Durchgang öffnete. Pavel zwängte sich als erster durch den Spalt, Vojtech folgte ihm mit einiger Mühe, und als auch er passiert hatte, schloss sich der Zugang automatisch hinter ihnen. Sie gingen weiter die Treppe hinab, folgten einer Biegung und betraten einen größeren Raum.

Vojtech wollte zu der Tür auf der gegenüberliegenden Seite weitergehen, doch sein Vater hielt ihn am Arm fest. »Warte«, sagte er.

Eine Sekunde später klappte eine Deckenplatte nach unten und ein wuchtiges Gerät wurde ausgefahren. Es handelte sich um eine Kamera, an der ein rotes Licht blinkte und an der links und rechts Selbstschussanlagen montiert waren.

Vojtech keuchte, und Pavel grinste. Er war stolz darauf, wie gut die Anlage gegen Eindringlinge abgesichert war. »Ich bin's«, sagte er laut in Richtung Kamera. Die Kamera schwenkte kurz zu Vojtech, dann fuhr das ganze Ding zurück in die Decke, die Türverriegelung wurde mit einem vernehmlichen Knacken aufgehoben, und sie betraten eine Halle.

Das fahle Licht des Vorraums wurde durch ein grelles, weißes abgelöst, das den zahllosen Apparaturen und monströsen Werkzeugen in der riesigen Halle scharfe Konturen verlieh. Pavel sah das Leuchten in den Augen seines Ältesten. Ja, hier zeigte sich die wahre Macht und Größe des Hauses der Wulda. Obwohl Pavel über die meisten Projekte informiert war, staunte er selbst, während sie den Mittelgang entlangschritten. Die meisten der Apparaturen zu beiden Seiten waren im Kern Fundstücke aus der alten Zeit, die repariert und modifiziert worden waren. Viele der Stücke waren unfertig, aber manche waren auch voll funktionsfähig oder befanden sich in Testphasen.

»Das ist wirklich beeindruckend, Vater«, flüsterte Vojtech mit Blick auf einen Monitor, auf dem endlose Zahlenreihen von oben nach unten flossen.

»Wart ab«, gab Pavel selbstsicher zurück.

Sie hatten etwa die Hälfte der Halle durchquert, als ein Mann mit fleckigem Muskelshirt hektisch hinter einem Regal hervorkam. Er hatte einen breiten Gürtel umgeschnallt, in dem allerhand Werkzeuge steckten, und auf seiner Stirn trug er eine Schweißerbrille. Seine langen, sehnigen Arme waren von Ölflecken verunziert, genau wie seine Hand, die er Pavel fahrig entgegenstreckte.

Pavel drückte die Hand und brummte: »Gut, dich zu sehen, Nutch.«

»Ah, ja, auch gut, Euch zu sehen, Taipan«, erwiderte der Mann mit einem schiefen Lächeln.

»Vojtech«, stellte sich Vojtech vor.

»Ich weiß, wer du bist«, sagte Nutch schmunzelnd. »Also, ihr seid nicht wegen einer Touribesichtigung hier, nehme ich an.«

»Nein«, bestätigte Pavel, »zeig sie uns.«

Ganz am Ende der Halle standen sie. Zwei bizarre, entfernt humanoide Konstrukte, mindestens dreieinhalb Meter hoch, mit Armen, an denen Waffensysteme angebracht waren. *Kampfroboter!*, durchfuhr es Vojtech. Er trat näher an den linken heran. Ein kompliziertes Netz aus Kabeln, Drähten und Schaltkreisen zog sich über den gesamten Torso des Monstrums. An der Stelle, wo sich bei einem Menschen die Brust befunden hätte, war ein Sitz montiert, an dessen Lehnen Hebel und Schalter zu erkennen waren. Obwohl Vojtech durchaus technisch versiert war, kannte er weder Namen noch Zweck der Bauteile, die von dem Kabelwirrwarr teilweise überdeckt wurden und wie Organe wirkten. Plötzlich leuchteten in Reihe geschaltete Lämpchen auf, die über einer Art Batterie angebracht waren. Der Arm des Monstrums setzte sich in Bewegung, und eine krallenartige Hand spreizte die stählernen Finger.

Erschrocken machte er einen Satz zurück – was ihm ein vergnügtes Lachen von Nutch einbrachte. Erst jetzt bemerkte Vojtech die kleine Fernbedienung, die der Mann in der Hand hielt und die durch ein Kabel mit dem Monstrum verbunden war. Ohne eine Erklärung seitens seines Vaters begriff er nun auch, was dieser Mann war. Ein Skaldae. Niemand sonst war in der Lage, solch ein technisches Ungetüm zum Leben zu erwecken.

»Sehen noch etwas nackt aus«, bemerkte Pavel kritisch.

»Die Außenhüllen sind fertig«, entgegnete Nutch, »müssen nur noch angebracht werden. Wollte eben damit beginnen, als ihr gekommen seid.«

»Wie ist es mit der Steuerung?«, wollte Pavel wissen. »Hast du eine Lösung gefunden?«

Nutch, der Skaldae, schüttelte verdrießlich den Kopf. »Ist nur manuell möglich. Ich habe Experimente durchgeführt, um herauszufinden, ob sich zumindest eine Maximalkontrolle für den Piloten herstellen lässt. Aber die Schnittstelle, die direkt ans Nervensystem angeschlossen werden soll, bereitet

Schwierigkeiten. Die bisherigen Versuche endeten … nja, sagen wir, unerfreulich.«

Pavel betastete die Waffensysteme an dem ausgestreckten Arm.

»Eine Autokanone«, kommentierte der Entwickler selbstzufrieden, »auf Salvenmodus und mit der entsprechenden Munition, die auf dem Rücken untergebracht wird, knackt sie jede Panzerung. Der andere ist mit einem Flammenwerfer und einem leichteren MG ausgestattet. Beide verfügen allerdings auch über Nahkampfwaffen.« Er deutete auf den zweiten Arm. Unterhalb des Handgelenks ragte eine überdimensionierte, gezackte Kreissäge heraus.

»Sind sie einsatzbereit?«, fragte Pavel.

Nutch stieß ein Seufzen aus. »Es sind Prototypen.«

Pavel sah ihn scharf an.

»Na schön«, lenkte Nutch ein, »wenn die Außenhüllen drauf sind und ein paar Kleinigkeiten gerichtet, könnten sie theoretisch in Betrieb genommen werden. – Das heißt«, fügte der Skaldae mit funkelnden Augen hinzu, »wenn es Euch gelingt, jemanden aufzutreiben, der so irre ist wie ich und sich in so ein Ding reinsetzt und der noch dazu bereit ist, Tag und Nacht zu üben, bis er es auch zuverlässig steuern kann.«

Pavel grinste breit. »Was meinst du, weshalb ich meinen Sohn mitgebracht habe.«

Vojtech schluckte, dann nickte er. Er war ein Wulda, in seinen Adern floss Öl, und ihm war vollauf bewusst, welch große Ehre sein Vater ihm erwies.

***

Die Ratssitzung war ohne größere Reibereien vonstatten gegangen. Es schien so, als hätte Ismael die Herren und Herrinnen der Häuser wieder auf Kurs gebracht. Heute hatte er an die Gründung des Rats erinnert und daran, dass er primär aus zwei Gründen eingesetzt worden war: Die Sicherung nach innen und die Abwehr von Gefahren, die außerhalb der Mauer und des Flusses lauerten. Und er hatte aufgezählt, was sie bereits alles gemeinsam erreicht hatten.

Ismael hatte gut gesprochen, befand Karel Kovar, während er sich den Verlauf der Sitzung am Fenster stehend vergegenwärtigte. Aber die klugen, sorgfältig gewählten Worte täuschten das Oberhaupt der Nepomuk nicht über das düstere Schweigen von Krishana hinweg. Gerüchten zufolge, die von Berichten seiner Spione bestätigt wurden, hatte sie ihre Unterbosse ersetzt und einen Heerbann ausrufen lassen. Die Menschen im Bezirk der Taboriten waren ein eigens Völkchen. Jeder Haushalt, hieß es, verfügte über mindestens eine taugliche Waffe. Nach jeder Regenzeit wurden Wehrübungen abgehalten, sodass die regulären Truppen, die zugleich die Polizei stellten, im

Notfall gemeinsam mit den einfach Leuten kämpfen konnten.

Aber es gab keinen Notfall, wie damals, als sich die östlichen Stämme unter einem Banner vereinigt hatten und gegen die Stadt vorgerückt waren. War Krishana derart von Sinnen, dass sie allein aus Rache ihre beachtlichen Streitkräfte ins Feld schicken würde? Die Fanta würden ihr nicht beistehen, nicht gegen alle drei übrigen Häuser. Wahrscheinlich hatten sie einmal mit einer feindlichen Übernahme der Wulda geliebäugelt, aber Ismael hatte ihnen den Kopf zurechtgerückt und nachdrücklich klargemacht, dass die Tanach sich keinem rechtlosen Bündnis anschließen würden. Und das bedeutete, sie würden sich auf die Seite der Verteidiger schlagen müssen, denn in einem Krieg der Häuser gab es keine Neutralität. Wer dachte, sich fein heraushalten zu können, würde am Ende so oder so als Unterworfener behandelt werden. Oder übersah er etwas? Selbst wenn, es war nicht von Bedeutung. Die Zeit spielte für ihn. Bald schon würden die Nepomuk allein über die Stadt regieren. Natürlich würde zunächst geächzt und gestöhnt werden, und fraglos würde auch Blut fließen müssen, aber am Ende würde es für alle das Beste sein.

Er hasste es, wenn Nathan sich so an ihn heranschlich, obwohl er dabei längst nicht mehr zusammenzuckte. Karel wandte sich dem Mushanti-Meister zu. »Glaubst du auch nur eine Sekunde daran, die Taboriten haben aus Verteidigungsgründen mobil gemacht?«

»Nein«, erwiderte Nathan gelassen. »Aber was verstehe ich schon von Politik?«, fügte er mit einem dünnen Lächeln hinzu.

Karel blickte wieder aus dem Fenster. Unten in der Einfahrt war Bohdan zu erkennen, der gerade in eine der kleineren Limousinen stieg. »Dein Schüler verlässt soeben das Anwesen«, lieh Karel Nathan seine Augen.

Nathan nickte.

»Es gefällt mir nicht, dass er frei herumläuft«, grollte Karel. »Er ist zu wichtig.«

»Vertraue mir«, sagte Nathan, »es ist am besten so. Wir müssen ihn gehenlassen. Wie du weißt, hatte er Kontakt mit einer Mushanti der Fanta. Sie könnten sonst Verdacht schöpfen.«

Karel schnaubte und einige Augenblicke standen sie schweigend nebeneinander am Fenster, dann fragte Karel: »Wie macht er sich eigentlich als Schüler?«

»Er ist gut«, entgegnete Nathan emotionslos, »überragend sogar. Es ist eine Schande, dass er geopfert werden muss.«

Karel missfiel die Antwort. Aber ja, er vertraute Nathan.

Nathan spürte wohl sein Missbehagen. Er hob leicht den Kopf, sodass das Rot der Abendsonne sein verunstaltetes Gesicht beleuchtete. »Ich habe den

Wahren Namen«, sagte er andächtig. »Nun müssen nur noch letzte Feinheiten mit Malechin geklärt werden, dann können wir beginnen.«

Karel schauderte innerlich. So lange hatten sie auf diesen Punkt hingearbeitet. Jetzt, da er in greifbare Nähe gerückt war, spürte er ein Gefühl, das er lange nicht gespürt hatte: Angst. Doch es war nur ein kurzer Anflug, schon war der Moment vorüber. Sie würden die Machtverhältnisse in der Stadt für immer verändern. Es war richtig – richtig und notwendig, disziplinierte er sich.

***

Bohdan kam sich ein wenig albern vor, während er darauf achtete, nicht über eine Wurzel zu stolpern, die den Bodenbelag aufgesprengt hatte. Zwei Leibwächter folgten ihm in gemessenem Abstand nach, wie Eltern, die ein Kind bewachten. Ein kleiner Teil in ihm war jedoch froh über ihre Anwesenheit. Dieser Park mit seinen weit über den Kopf wuchernden Hecken hatte etwas Unheimliches an sich. Vielleicht war es aber auch nur *unwirklich,* diese sprießende Oase mitten in der Stadt. Er stellte sich vor, was geschehen würde, wenn es von einem Tag auf den anderen keine Menschen mehr in Prak City gäbe. Wie lange würde es wohl dauern, bis sich die Natur über die ganze Stadt ausgebreitet hätte? Unter den wild wuchernden

Pflanzen waren Blumentöpfe zu erkennen und niedrige Mäuerchen, die vermutlich einmal Beete abgegrenzt hatten. Die Hecken über ihm bildeten nun ein zusammengewachsenes Dach, und er hatte den Eindruck, ein langgezogenes Tor zu durchschreiten.

Und wenn er doch jemandem ein Dorn im Auge war? Hier war der ideale Ort für einen Hinterhalt. Auf jeden Fall würde es nicht schaden, vorbereitet zu sein. Er richtete seine Aufmerksamkeit nach innen und bereitete den mentalen Schlag vor, den er von der Baronesse gelernt hatte. Zusätzlich visualisierte er das Bild des Zeichens, das ihn mit einem Panzer ausstatten würde, wenn er es rasch mit dem Finger auf die Haut malte. Der Brief, den er in seiner Hosentasche umklammert hielt, wurde feucht. Er ließ ihn los und nahm die Hand aus der Tasche.

Dort. Eine Gestalt im Zwielicht. Sie saß, in einen Mantel gehüllt, vor einem schweigenden Springbrunnen. Vorsichtig betrat er den Platz, der den Brunnen umgab. Die Gestalt hob den Kopf. Es war Danija. Keine Falle. Sie war erschienen wie angekündigt. Er ging auf sie zu.

»Du bist wachsam geworden«, begrüßte ihn Danija, »das ist gut.« Mit einem Lächeln fügte sie hinzu: »Deine beiden Schoßhündchen hättest du allerdings nicht mitbringen müssen.«

Bohdan drehte sich kurz zu den beiden Leibwächtern um, die unter dem Heckentor stehengeblieben waren. Verlegen zuckte er mit den Achseln. »Ich hatte keine Wahl«, entschuldigte er sich.

»Natürlich nicht«, säuselte Danija. »Komm, setz dich zu mir.«

Er tat, wie ihm geheißen, und ließ sich etwas umständlich neben ihr nieder. Wie sie so dasaßen, erinnerte er sich an das eine Mal, als er in der Villa der Baronesse zu ihr ins Zimmer gekommen war. Wie jetzt hatten sie nebeneinander gesessen. Das Gespräch in jener lang zurückliegenden Nacht hatte keinen guten Ausgang genommen. Sie hatte ihn warnen, ihm klarmachen wollen, dass sie beide unter einem Bann standen. Er war ein solcher Baichi gewesen. Aber das war Vergangenheit, sie waren keine Kinder mehr.

»Du hast mich vermisst?«, fragte Bohdan in die Stille.

Danija seufzte leise. »Ja, das habe ich. Ich habe einen schrecklichen Fehler gemacht, als ich dich zurückgelassen habe. Und ich fürchte, ich kann ihn nicht wiedergutmachen.«

Bohdan lag auf der Zunge, sie könnte ja damit beginnen, ihm den Ring zurückzugeben, aber er wusste, dass sie es nicht tun würde, und wollte den Abend nicht verderben. Es tat so gut, dicht an dicht mit ihr zu sein. So einfach verzeihen konnte er ihr allerdings auch nicht, deshalb wechselte er das Thema: »Wie geht es dir bei den Fanta?«

Danija änderte nur ganz leicht ihre Haltung, aber nun berührte ihre Schulter seinen Oberarm. »Zappa, der Mann mit dem Zylinder, ist ein ausgesprochen guter Lehrer, und Viktor, das Oberhaupt des Hauses, ist ein kluger und meistens gerechter Anführer.«

»Prächtig«, quittierte Bohdan und kassierte dafür einen einen Knuff in die Rippen.

»Ich könnte dich jetzt fragen, wie es bei den Nepomuk so ist«, sagte Danija mit einem Hauch von Resignation in der Stimme, »aber um ehrlich zu sein, weiß ich schon einiges, vermutlich sogar mehr als du selbst. Der Blinde Nathan unterweist dich. Kennst du seine Geschichte? Hat er dir erzählt, dass er ein Abtrünniger ist?«

»Was geht mich das an?«, gab Bohdan gereizt zurück. »Er unterrichtet mich gut.«

Danija sog Luft ein und stieß sie kopfschüttelnd wieder aus. »Du bist immer noch naiv«, stellte sie fest, fügte jedoch hinzu: »Ich muss allerdings gestehen, dass deine Naivität etwas Anziehendes hat. In dieser Welt und insbesondere dieser Stadt, in der alle schuldig sind, bleibst du unschuldig.«

Das war nicht gerade die Art Kompliment, das ein Mann gerne von einer Frau hörte, trotzdem gefiel ihm, dass sie etwas Besonderes in ihm sah. Er schöpfte Atem, um erneut das Thema zu wechseln, da nahm er eine Veränderung an ihr wahr. Sie versteifte sich, ihr Blick wurde leer. Dann war der Moment vorüber, und Bohdan vermutete, dass sie eine Nachricht, wahrscheinlich von diesem Zappa, empfangen hatte.

Er widerstand dem Reflex, ihre Aura zu lesen; sie hätte ihn nur wieder abprallen lassen. »Du musst schon wieder gehen«, riet er, wobei es ihm nicht gelang, seine Enttäuschung zu verbergen.

»Ja, leider«, bestätigte sie.

Danija erhob sich, und Bohdan stand ebenfalls auf. Er fragte sich gerade, ob er es wagen sollte, sie zum Abschied zu umarmen, als sie mit ihrer rechten Hand in seinen Nacken griff, ihn ein kleines Stück zu sich hinabzog und ihn auf den Hals küsste. Einen Herzschlag lang stand die Welt still, nur ihre kühlen Lippen auf seiner Haut. Schon war der Moment vorüber. Danija löste sich von ihm und wandte sich ab. Wie vom Donner gerührt sah er ihr nach.

Über die Schulter hinweg sagte sie: »Pass auf dich auf. Wir sehen uns bald wieder.«

Sie verschwand in die Schatten, und Bohdan blieb mit einem Prickeln im Nacken und einem verdatterten Lächeln auf den Lippen zurück.

Einer der Leibwächter machte einen Scherz, woraufhin beide lachten. Bohdan hörte das glucksende Lachen wie aus sehr weiter Ferne; er starrte auf die Stelle, wo Danija in der Dunkelheit verschwunden war. *Wir sehen uns bald wieder*, hatte sie gesagt, und – beim Wahren Namen der Liebe – sie hatte ihn geküsst.

***

Im unbewohnten und zum größten Teil zerfallenen östlichen Außenbezirk, in der Nähe der hohen Mauer, welche das Gebiet der Wulda abriegelte, huschte ein Wesen, das weder Mensch noch Tier war, durch die Schatten. Der sogenannte Schwarze Reiter beobachtete es durch die Gläser eines Restlichtverstärkers. Kein Zweifel, der Shedai-nai suchte nach einer geeigneten Stelle, um die Mauer zu überwinden. Dazu würde es nicht kommen. Der Schwarze Reiter war auf der Jagd. Blitzschnell erfasste er die Umgebung, drei L-förmige Häuserblocks trennten den Shedai-nai von der Mauer. Er würde ihm den Weg abschneiden. Genaugenommen nicht *er*, sondern *sie*. Der Schwarze Reiter war eine Frau.

Es war ein tiefer Fall, aber nicht zu tief für sie. Sie ließ das Sims los, an dem sie sich festgehalten hatte. Zweimal drehte sie sich in der Luft, ehe sie katzengleich auf allen Vieren landete, um sich sogleich aufzurichten. Sie trug nun wieder ihren Helm, der ihre Identität und ihr Geschlecht verbarg. Bei genauerem Hinsehen war ihre weibliche Statur natürlich zu erkennen, zumal sie unter ihrem langen Mantel einen enganliegenden Kampfanzug trug. Aber die Menschen sahen nicht genau hin, der Shedai-nai hingegen durchaus. Er wusste sofort, wer da keine fünfzehn Schritt vor ihm auf der Straße gelandet war.

»Du!«, fauchte er hasserfüllt.

»Immerhin hast nach mir suchen lassen«, konterte sie mit kalter Wut. »Hier bin ich.«

»Nummer Acht«, sagte der Shedai-nai.

»Nifrazsin«, sagte sie, schlug ihren Mantel zurück und fügte hinzu: »Du hättest nicht in die Stadt kommen sollen. Das erleichtert mir die Arbeit.«

Der Shedai-nai schnaubte und wechselte in die kehlige Singsang-Sprache seines Volkes. »Wahrlich, du bist eine Plage, Nummer Acht. Deine *Arbeit*? Du bist nichts als eine Meuchlerin. Du mordest ohne Grund, du bist ein künstlich geschaffenes Raubtier, das eingeschläfert werden muss.«

Nummer Acht bleckte hinter dem Visier ihres Helms die Zähne und entgegnete, ebenfalls in der Sprache der Shedai-nai: »Ich *bin* ein Raubtier, und du bist meine Beute.«

Nifrazsin verschränkte die Arme. Nummer Acht wusste, dass der Zweck dieser Geste darin bestand, die Hände näher an die Waffen zu bringen. Der Schnitt seines aschgrauen Mantels verbarg die Aussparungen, aber Nummer Acht hatte schon viele seiner Art zur Strecke gebracht. Sie kannte die Tricks der Shedai-nai.

»Falls, ich wiederhole: *falls* es dir gelingen sollte, mich in die Leere zu schicken«, zischte Nifrazsin, »hat niemand mehr die Macht, das Grauen aufzuhalten, das die Nepomuk zu entfesseln beabsichtigen.«

»Als ob deinesgleichen etwas an den Menschen läge«, schnaubte Nummer Acht. Sie war bereit, und es gab keinen Grund, länger zu warten. Langsam schob sie das linke Bein zurück, während sie ihr Gewicht leicht nach vorne verlagerte. »Genug geredet«, stieß sie aus, »tanzen wir!«

Mit diesen Worten riss sie mit der Rechten die schallgedämpfte Automatikpistole aus dem Schenkelhalfter, mit der Linken zog sie eine Machte aus ihrer Rückenscheide, und schon rannte sie los. Sie drückte den Abzug, und die Kugeln flogen los.

Die Zeit verlangsamte sich. Der Shedai-nai zückte zwei Dolche und wich den ersten Geschossen aus. Nummer Acht korrigierte im Laufen nach und schickte ihm eine weitere Salve hinterher.

Nifrazsin war schnell. Er sprintete aus dem Stand los, benutzte eine Häuserwand, um sich abzustoßen, die Kugeln bohrten sich hinter ihm in den Stein. Für einen Augenblick schwebte er in der Luft, den einen Dolch vorn, den anderen hielt er hinter dem Kopf. Nummer Acht sprang ihm entgegen und riss die Machete hoch, um ihn der Länge nach aufzuschlitzen. Der Shedai-nai parierte die Machete, sein anderer Dolch zuckte auf ihr Visier zu. Sie hatte den Angriff kommen sehen, warf den Kopf zur Seite, sodass der Dolch lediglich an der Seite des Helms vorbei schrammte. Zugleich drückte sie den Abzug der Pistole. Vier Kugeln fuhren Nifrazsin in den Bauch. Er wurde zurückgeschleudert und fiel hart zu Boden. Nummer Acht landete breitbeinig über ihm.

Der schwer verletzte Shedai-na röchelte, und Nummer Acht spürte eine giftige Woge Magie. Sie wehrte die Energie ab und lächelte finster. Ihre angeborene Gabe, mentale Angriffe von sich abblitzen zu lassen, hatte sie zu einem ebenbürtigen Gegner und gefährlichen Feind der Shedai-nai werden lassen. Nifraszin wusste ohne jeden Zweifel von dieser Gabe, sonst hätte er seinen höchsten Trumpf früher eingesetzt. Dieser klägliche Versuch nun war ein Akt der Verzweiflung. Sie hob den ausgestreckten Arm, sodass die Pistole auf sein Gesicht zielte.

»Ich schicke dich in die Leere, wie hunderte deiner Brüder und Schwestern vor dir«, sagte sie kalt, dann drückte sie ab, und die Mündungsblitze spiegelten sich auf ihrem Visier wider.

∗∗∗

Drei Wochen waren vergangen, seit Bohdan und Danija sich im Mönchsgarten getroffen hatten. Er hatte schon begonnen, sich zu fragen, ob sie sich jemals wieder bei ihm melden würde, als Nathan ihm einen zweiten Brief reichte. Der Inhalt beschränkte sich auf einen Straßennamen und die Zeitangabe: *Sonntag, Dämmerung.*

Bohdan lächelte müde. Die letzten Studien und Übungen waren anstrengend und kräftezehrend gewesen. Ihm war klar geworden, dass auf die großen Sprünge, die er anfangs in der kabbalistischen Tradition gemacht hatte, nun kleinere mühsamere Schritte folgten, die vor allem Geduld und Durchhaltevermögen erforderten. Da er nichts von Danija gehört hatte, war er die letzten beiden Sonntage freiwillig in seinem Kellerzuhause geblieben, hatte die Lektionen seines Mentors wiederholt, Wörter auswendig gelernt und sich Zahlenreihen eingeprägt. Vor allem die Zahlenmystik machte ihm schwer zu schaffen. Er hatte kein gutes Gespür für Zahlen, und die Lehre dahinter war fürchterlich kompliziert. Aber so sperrig dieses Themenfeld für ihn war, er war entschlossen, auch diese Nuss zu knacken.

»Hast du die Aufgabe gelöst?«, fragte Nathan.

»Nein, noch nicht«, gestand Bohdan, der ihm gegenüber saß und den Brief ihn seiner Tasche hatte verschwinden lassen. Sein Mentor hatte ihm eine lange Formel aufgeschrieben. Es handelte sich um eine Rechenaufgabe mit verschiedenen Variablen. Bohdan sollte herausfinden, welche Zahl hinter das Gleichheitszeichen einzutragen war.

Nathan lächelte verständnisvoll. »Du musst dein Denken springen lassen«, riet er. »Wie du weißt, entspricht jede Zahl gewissen Dingen.« Trotz seiner

Blindheit tippte er mit dem Zeigefinger zielsicher auf eine bestimmte Stelle der Gleichung. »Die 1 steht für …?«

Ja, das hatte Bohdan sich eingeprägt. Er leckte sich über die spröden Lippen und zählte auf: »Licht, Äther, den Abend- und Morgenstern, das Denken, das Sein und für die Trauer.«

»Und die 5?«, brachte Nathan ihn weiter auf die Spur.

»Erde, Mars, Wollen, Gerechtigkeit, Neid«, entgegnete Bohdan wie aus der Pistole geschossen. »aber ich verstehe nicht …«, setzte er an, um sich selbst zu unterbrechen. »Ah!«

»Jetzt hast du es«, stellte Nathan fest. »Merke dir, jede richtige Formel beschreibt etwas Wesentliches.«

Bohdan schrieb Notizen über die Variablen, um dann laut zu rechnen, bis er das Ergebnis hinter dem Gleichheitszeichen eintrug. Er schrieb die errechnete, mehrstellige Summe auf, allerdings schrieb er die einzelnen Zahlen nicht in eine Reihe hintereinander, vielmehr ordnete er sie in einem Hexagramm an, um sie mit Linien zu verbinden.

Nathan hob das Kinn an. Eine Geste, die Bohdan aufforderte, die Bedeutung abzulesen.

Bohdan räusperte sich, überflog alles noch einmal und übersetzte dann die einzelnen Bausteine der Formel, von der oberen Spitze des Hexagramms beginnend: »In zweimal sechs Monden dreht die Erde sich um die Sonne, den stillstehenden Wächter des Seins, in dessen Licht Klarheit herrscht. Klarheit ist gleich vollkommenes Einssein mit allem Irdischen, das je schon durchdrungen ist von der feinstofflichen Ebene.«

»So ist es«, lobte Nathan. Er faltete die Hände. »Ich werde dich eine Weile nicht unterrichten können. Eine dringliche Aufgabe benötigt meine ungeteilte Aufmerksamkeit. Sieben weitere Aufgaben sollten dich beschäftigt halten; sie werden nicht so leicht zu lösen sein wie diese hier«, fügte er schmunzelnd hinzu.

»Ich freue mich schon darauf«, erwiderte Bohdan ehrlich. Allmählich begriff er den Reiz der Zahlenmystik.

Nathan erhob sich, und Bohdan war darauf vorbereitet, dass er gleich mit den Schatten verschmelzen und verschwinden würde, aber Nathan wandte sich ihm noch einmal zu.

»Genieße die Nacht mit deinem Mädchen«, sagte Nathan in einem sonderbar ernsten Tonfall, der Bohdan wie eine Mahnung vorkam. »Verschwendet keine Zeit, wir haben alle zu wenig davon.«

»Danke. Das werde ich, Meister«, versprach Bohdan, auch wenn er den Stimmungswechsel nicht verstand. Er blinzelte, und Nathan war verschwunden.

Die Zahlenrätsel fand er neben seiner Schlafstätte. Jedes der sieben war auf ein eigenes Blatt Papyrus notiert, obwohl das kürzeste lediglich eine einzige Zeile einnahm. Bohdan legte sich hin und machte sich gleich daran. Bald stellte er fest, dass es sich trotz der Kürze um das wohl schwierigste handelte. Nein, nicht *trotz*, gerade deswegen. Der Platz darunter war für die Aufzeichnung des Lösungsweges freigelassen. Das mit dem meisten Platz erforderte den längsten Lösungsweg. Nach einigen fruchtlosen Mühen, rieb er sich die Augen und legte das Blatt beiseite.

Nach drei Schlafphasen hatte er erst zwei der Rätsel vollständig gelöst. Beide ergaben einen Sinnspruch, der sich auf die Magieanwendung übertragen ließ. Das blaue Glimmen einer Rune, die er auf einen Stein gezeichnet hatte, wies ihn darauf hin, dass heute Sonntag war. Er ging in die Vorratskammer, aß Speck und hartes, stark gesalzenes Brot, dann wusch er sich in der Nische, die diesem Zweck diente. Er verwendete mehr Zeit als gewöhnlich darauf, sich gründlich einzuseifen, ehe er mit der großen Kelle Wasser aus der Tonne schöpfte, um sich das kalte Nass wieder und wieder über den Kopf zu schütten, bis aller Seifenschaum von seiner Haut abgewaschen war. Ein richtiges Handtuch gab es nicht, nur eine raue Decke, mit der er sich bibbernd trockenrubbelte.

Während er in seinen zweiten Satz der schlichten Kleidung schlüpfte, fragte er sich, was Nathan so Dringliches zu tun hatte, dass er den Unterricht aussetzte. Beschäftigte er sich mit eigenen Studien oder hatte er von Karel Kovar einen Auftrag erhalten? Vielleicht würde er es ihm erzählen, wenn er zurückkehrte, wahrscheinlicher jedoch nicht. Es war ja auch egal. Bohdan war sein Schüler, und es stand ihm nicht zu, die Beweggründe seines Mentors zu hinterfragen.

Er wollte sich jetzt ganz auf das Treffen mit Danija einstimmen. Nicht, weil er hoffte, heute den ihm zustehenden Wagen oder gar den Ring zurückzuerhalten. Wenn er ehrlich war, interessierten ihn diese materiellen Dinge kaum noch. Jetzt, da er wieder an Danija dachte und ihre Begegnung immer näher rückte, spürte er die Stelle am Hals, auf die sie ihn geküsst hatte. Heiß, brennend, aber nicht unangenehm, sondern verheißungsvoll. Der Kuss war eine Vorankündigung auf noch größere Wonnen gewesen, daran hegte er keinen Zweifel. Als er die Tür des Kellerlabyrinths hinter sich schloss und die unzähligen Stufen hinaufstieg, fühlte er sich zum ersten Mal seit langem ungeschickt, ja, tollpatschig. Und er spürte den Herzschlag in seinem Hals.

Auf dem Rücksitz der Limousine war er froh, die noch offenen Rätsel eingesteckt zu haben. Sie halfen ihm dabei, sich von seiner Nervosität abzulenken, während der Leibwächter am Steuer den Wagen durch die in nachmittäglicher Trägheit dösende Stadt chauffierte.

Der Wagen hielt. und Bohdan zog am Türöffner, nur um festzustellen, dass die Tür verriegelt war.

»'tschuldigung«, murmelte der zweite Leibwächter auf der Beifahrerseite, »die letzte Fahrt.«

Bohdan hatte keine Ahnung, was der grobschlächtige Mann damit andeuten wollte, und es interessierte ihn auch nicht. Er wartete geduldig, bis ihm die Tür von außen geöffnet wurde und er aussteigen konnte.

Er sah sich um. Graue, ineinander übergehende Häuserreihen zu beiden Seiten einer menschenleeren Straße. In manchen Fenstern brannte bereits Licht, obwohl die Dämmerung gerade erst hereinbrach. Ein leicht dunstiges Zwielicht beherrschte den Straßenzug. Einer plötzlichen Intuition folgend, drehte sich Bohdan um die eigene Achse und ging in die Richtung, aus der sie gekommen waren. Es war schon seltsam, dachte er, während er, von den beiden Leibwächtern mit zehn Meter Abstand verfolgt, einen Fuß vor den anderen setzte – trotz seiner angeborenen Neugier und der Tatsache, dass er nun schon eine ganze Weile in Prak City lebte, kannte er sich so gut wie gar nicht aus. Er beschloss, bei nächster Gelegenheit Nathan um einen Stadtplan zu bitten. Zumindest das neutrale Zentrum und den Bezirk der Nepomuk wollte er erkunden.

An einer T-Kreuzung angekommen, wandte er sich nach rechts, und da stand sie. Danija federte sich von der Fassade ab, an der sie gelehnt hatte, und begrüßte Bohdan mit einem süßen Lächeln. Sie hakte sich bei ihm unter, und so flanierten sie eng aneinander auf dem Gehweg. Sie schwiegen, stimmten sich aufeinander ein, gewöhnten sich an die Anwesenheit des anderen und spürten nach, wie es sich anfühlte.

»Wohin gehen wir?«, fragte Bohdan schließlich.

»In einen sicheren Unterschlupf«, informierte ihn Danija. »Es wäre unklug in diesen Zeiten, wenn wir uns auf einem öffentlichen Platz aufhalten würden.«

Bohdan verstand zwar nicht, was sie mit *diesen Zeiten* meinte, hatte jedoch rein gar nichts dagegen, Danija ganz für sich allein zu haben, daher nickte er.

Kam es ihm nur so vor, oder war es tatsächlich neblig geworden? »Bohdan!«, hörte er einen Ruf hinter sich. Hastige Schritte waren zu vernehmen, und dann rief noch einmal jemand seinen Namen, aber es klang schon viel ferner. Auf einmal begriff er: Danija hatte einen Zauber gewirkt, um die Leibwächter loszuwerden. Offensichtlich meinte sie es ernst mit der Privatsphäre. Grundsätzlich kam ihm das durchaus entgegen, andererseits wurde ihm auch ein wenig unheimlich zumute. Danija war von ihnen beiden schon immer die mächtigere gewesen, und durch den Ring an ihrem Finger war er ihr, trotz seiner neu erlernten kabbalistischen Sprüche, ausgeliefert. Nja, dachte er im Stillen, es gab Schlimmeres, als einer wunderschönen Frau und dazu noch derjenigen, die er liebte, ausgeliefert zu sein.

Ja, wurde ihm schlagartig bewusst, er liebte Danija. Er war nicht nur ein wenig verknallt, er liebte sie mit seinem ganzen Wesen, und mit dieser Erkenntnis fiel alle Nervosität von ihm ab. Es gab keinen Grund, aufgeregt zu sein, das Schicksal hatte sie zusammengeführt, und starke Gefühle – das war ein Grundsatz der Kabbala – beruhten stets auf Gegenseitigkeit. Was bedeutete, sie musste ihn auch lieben. Alles war gut, mehr noch, alles war vollkommen, an diesem nebligen Abend irgendwo in der großen Stadt.

Danija lenkte ihn in einen unauffälligen Durchgang, der zu einem quadratischen Innenhof führte. Sie zückte einen Schlüssel und schloss damit eine verwitterte schwarze Holztür auf. Im dahinter liegenden Hausflur roch es leicht modrig. Bohdan vermutete, dass zumindest dieser Flügel des Gebäudes seit längerer Zeit unbewohnt war. Aufgrund der schmalen Treppe waren sie nun gezwungen, hintereinander zu gehen. Danija schritt voran, und Bohdan folgte ihr. Immer höher stiegen sie hinauf, wobei er sich wunderte, wie viele Stockwerke das Haus wohl haben mochte.

Die letzte Treppe endete vor einer weiteren Tür. Diesmal jedoch benutzte Danija keinen Schlüssel. Bohdan beobachtete, wie sie die Hand auf die Klinke legte, während ihre Lippen leise Worte einer toten Sprache formten. Die Tür öffnete sich mit einem Knarren in der physischen und einem Summen in der geistigen Welt. Bohdans Augen waren durch den düsteren Aufstieg an die Dunkelheit gewöhnt, aber auch ohne ihre Hilfe hätte er die Öllampen im Raum vor ihnen entdeckt. Er kam Danija zuvor und entzündete die Dochte mit dem Unternamen für Feuer; immerhin war auch er ein Mushanti.

Danija schloss die Tür und versiegelte sie wieder, während Bohdan sich in der trotz der Schrägen geräumigen Dachgeschosswohnung umblickte. Sie wurde dominiert von einem großen runden Fenster und enthielt eine kleine Küchenzeile, einen altmodischen Sekretär, ein schmales, ordentlich gemachtes Bett, einen den Dachschrägen angepassten Kleiderschrank sowie Hängeregale und ein sperriges Instrument mit weißen und schwarzen Tasten, vor dem ein niedriger Hocker stand.

»Ein Klavier«, erklärte Danija.

»Ah«, sagte Bohdan und folgte ihr auf den Platz vor dem runden Fenster, der mit Fellen ausgelegt war. Er wollte es sich eben neben ihr gemütlich machen, als sie ihn bat, er möge im Küchenschrank nachsehen. Sie sei selbst noch nie hier gewesen, aber Zappa habe ihr gesagt, dass Wein und auch etwas zu Essen vorhanden sei – sofern er Hunger habe.

Bohdan hatte keinen Hunger, holte aber dennoch eine Schale Nüsse, eine Flasche Wein und zwei Gläser. Der Wein schmeckte süß und fruchtig und stieg ihm bereits nach dem zweiten Schluck zu Kopfe.

Sie begannen ein plätscherndes Gespräch, und Bohdan lernte eine andere Seite von Danija kennen. Sie lachte mit ehrlicher Erheiterung über seine nicht besonders guten Scherze, und nur selten, in Momenten des Schweigens, blitzte die alte Traurigkeit hindurch. Nebeneinander auf dem Rücken liegend sahen sie in den Sternenhimmel. Als wäre es das Natürlichste auf der Welt, drehte Bohdan sich auf die Seite und legte ihr seine Hand auf den Bauch. Sein Gesicht näherte sich ihrem. Danija hob den Kopf an, und sie küssten sich. Es war ein langer, zärtlicher Kuss, eine bewusste Entscheidung von beiden; das Folgende übernahm der Instinkt ihrer Körper. Sie sprachen kein Wort mehr.

Sie liebten sich, und in den Verschnaufpausen genossen sie es, den schweren Atem des anderen auf der Haut zu spüren. Es war das größte Glück, das Bohdan jemals erfahren hatte. In diesen Stunden ergab alles einen Sinn. Seine Flucht von den Free People, die Zeit der Knechtschaft bei der Baronesse und die verworrenen Pfade in Prak City, die sie wieder zueinander geführt hatten. Wenn er zwischendurch kurz zu Verstand kam, hoffte er, dass diese Nacht niemals enden würde. Aber alles musste enden.

Die Morgendämmerung brach herein. Danija schlief an ihn gekuschelt. Er streichelte ihren Kopf und erinnerte sich an die Lösung des ersten Zahlenrätsels, das Nathan ihm gestellt hatte: *In zweimal sechs Monden dreht die Erde sich um die Sonne, den stillstehenden Wächter des Seins, in dessen Licht*

Klarheit herrscht. Klarheit ist gleich vollkommenes Einssein mit allem Irdischen, das je schon durchdrungen ist von der feinstofflichen Ebene.

Als sie aufwachte und sich nackt im Sonnenlicht streckte, hatte Bohdan bereits den Inhalt einer Dose in einem kleinen Topf erhitzt. Er schaltete den Gaskocher ab und verteilte den Erbseneintopf auf zwei tiefe Teller.

»Frühstück ist fertig«, sagte er strahlend. Danija lächelte, und gemeinsam machten sie sich heißhungrig über die schlichte Mahlzeit her.

Bohdan legte seinen Löffel auf die Seite und sah Danija dabei zu, wie sie aß. Dabei fiel sein Blick auf den Ring an ihrem Finger. Sie erstarrte einen Moment, und ihr Gesichtsausdruck wurde ernst. Bohdan biss sich auf die Unterlippe, dann sagte er: »Weißt du was? Du kannst ihn behalten. Ich schenke ihn dir.«

Danija sah ihn mit einer Mischung aus Traurigkeit und Dankbarkeit an, ehe sie nickte, ihren Teller beiseiteschob und sich mit dem Handrücken den Mund abwischte.

»Könntest du dir vorstellen, das Haus zu wechseln?«, fragte sie, wobei sie sich bemühte, ihre Stimme beiläufig klingen zu lassen. »Ich könnte ein gutes Wort für dich einlegen, und wenn ich für dich bürge, bin ich mir sicher, dass die Fanta dich mit offenen Armen willkommen heißen.«

Bohdan kratzte sich am Hosenbein, während er über das Angebot nachdachte. Es war großzügig und kam von Herzen, daran zweifelte er nicht. Es war nur …

»Ich muss beenden, was ich begonnen habe«, sagte er. »Wenn ich meine Ausbildung bei Nathan abgeschlossen habe und die Fanta einverstanden wären, könnte ich mir nichts Schöneres vorstellen, als mit dir unter einem Dach zu leben.«

Ein Anflug von Ärger huschte über Danijas Miene, aber es war nur ein kurzer Augenblick. Sie zuckte resigniert mit den Schultern und schmiegte ihren Kopf an seine Brust. »Sehen wir uns nächste Woche wieder?«, fragte sie flüsternd.

»Von jetzt ab jeden Sonntag«, versprach er und strich ihr über die Wange. Er räusperte sich, ehe er hinzufügte: »Ich sollte jetzt gehen.«

»Ja, ich auch«, erwiderte Danija, indes sie sich von ihm löste und aufstand. Sie sammelte ihre Kleider ein und zog sich an. Auch Bohdan streifte sein Hemd über. Er wollte schon zur Tür, als sie ihn aufhielt.

»Warte«, sagte sie. Sie ging zur Küchenzeile, kniete sich nieder und griff tief in den Unterschrank. Offenbar hatte sie Zappa gebeten, etwas für sie hier zu deponieren. Jetzt hatte sie es gefunden. Sie stand wieder auf und kam auf ihn zu.

»Betrachte ihn als Anzahlung für den Dodge und als … Nachhallbringer.«

Sie hob die Hände und öffnete sie. Darin lag ein silberner Revolver. Er hatte einen langen Lauf, in den ein Muster aus arkanen Zeichen eingeritzt war. Auch die Trommel war mit auf diese Weise verziert.

Bohdan nahm Danija die massige und zugleich elegante Waffe behutsam ab und wog sie in seiner Rechten. Sie war leichter, als sie aussah. Er wollte den Mund öffnen, aber sie kam ihm zuvor: »Wage es nicht, dich zu bedanken. Das Geschenk, das du mir gemacht hast, ist ungleich kostbarer.«

Bohdan klappte den Mund wieder zu.

»Er ist geladen«, bemerkte sie, und er fragte sich, ob es eine Warnung war. Aber nein, sie wollte ihn nicht warnen, jedenfalls nicht davor, dass der Revolver ungewollt losgehen könnte. Wieder hatte sie diesen sorgenvollen Gesichtsausdruck aufgesetzt, der ihn schon bei ihrem ersten Treffen vor dem Ratsgebäude irritiert hatte.

Bohdan steckte sich den Revolver in den Hosenbund, und Danija öffnete ihm, ein Wort der Macht murmelnd, die Tür. Sie verharrte, und ihre Augen verengten sich konzentriert.

»Deine beiden Wachhunde erwarten dich am Ende der Straße. Sie sind ziemlich verzweifelt«, fügte sie mit einem Zwinkern hinzu.

Bohdan lächelte, dann küssten sie sich zum Abschied.

8. Kapitel

Gewisse Ereignisse bereiten sich lange und langsam vor, doch kommt der Stein einmal ins Rollen, greifen die Zahnräder des Schicksals und der Entscheidungen ineinander. Zuweilen kulminiert dann alles in einer einzigen Nacht. Als Krishana die knappe Botschaft las, deren Überbringer eine Ratte gewesen war, die quiekend in ihrem Schlafgemach aufgetaucht war, wusste sie, dass der Zeitpunkt gekommen war. Endlich würden sich die angestauten Kräfte entladen, endlich würde sie Rache nehmen. Was sie nicht wusste, war, dass diese Nacht noch lange als *Nacht des Schreckens* in Erinnerung bleiben sollte.

Es ist soweit, stand auf dem nach Ratte stinkenden Zettel, der fraglos von den Skalka stammte. Sie hob ihn über die Flamme einer Kerze, sah zu, wie er sich verformte, am Rand schwarz wurde und schließlich Feuer fing. Sie ließ ihn los und sah zu, wie das brennende Papier kurz über der Kerze schwebte, ehe die Struktur sich vollends auflöste und die verkohlten Überreste schwarzen Schneeflocken gleich hinabrieselten. Ein von Hass verzerrtes Grinsen hatte sich auf ihrem Gesicht ausgebreitet.

Keine halbe Stunde später erschienen Jaromir und Irka im nostalgisch eingerichteten Kaminzimmer. Sie verneigten sich und nahmen auf einem Kanapee nahe des prasselnden Feuers Platz. Mister Hansho saß kerzengerade auf einem der gesteppten Ledersessel, in der Rechten hielt er ein Samuraischwert, das in einer glänzenden schwarzen Scheide steckte. Krishana erklärte den Anwesenden, dass die Stunde der Vergeltung gekommen sei und sie so bald als möglich zuschlagen wolle.

Jaromir stöhnte innerlich, aber er war loyal, und er hatte gewusst, dass es dazu kommen würde.

»Wenn wir sofort loslegen, kann unsere Streitmacht in fünf Stunden bereit sein«, sagte er. Sein Blick wanderte zu dem eiskalten Killer auf dem Sessel. Rasch blickte er wieder zu Krishana auf, die mit dem Rücken zum Kamin stand.

Sie nickte, ehe sie laut nachdachte: »Wir werden in der Nacht kämpfen. Das bedeutet, wir brauchen Taschenlampen, Fackeln und Laternen.«

»Ich werde mich darum kümmern«, versprach Jaromir.

Krishana wandte sich an Irka. »Für dich habe ich einen speziellen Auftrag. In deiner Gemeinde gibt es doch einen, der sich mit Sprengstoffen auskennt, nicht wahr?«

»Stanislav«, sagte Irka heiser.

»Im Keller gibt es ein geheimes Depot, das im Krieg mit den Stämmen angelegt wurde«, erklärte Krishana. »Ich will, dass Stanislav ein Dutzend Männer aussucht und mit dem Fundus aus dem erwähnten Depot unser gesamtes Gebiet mit Spreng-fallen und Minen sichert.« Sie verschränkte die Arme und unterdrückte ein bösartiges Lächeln. »Es wäre ja denkbar, dass unsere Feinde auf den Gedanken kommen, unser Bezirk sei ungeschützt, wenn die Streitmacht ausrückt. Sollte jemand so verwegen sein, einen Gegenschlag zu wagen, muss er es bereuen. Freilich wird dieser Stanislav eine sichere Passage für die Rückkehr freilassen und diesen Weg auf einer Karte markieren.«

»Ich werde es ihm auftragen«, versicherte Irka.

Krishana war zufrieden. Eine sichere Rückkehr und die Verteidigung des Bezirks mussten für die Anwesenden überzeugend geklungen haben. Insgeheim bewegte Krishana nicht der Gedanke an Rückkehr oder Schutz. Ihre Seele, die sich nach dem Tod ihres Geliebten schwarz gefärbt hatte, lechzte lediglich danach, die Zahl der zu erwartenden Todesopfer unter ihren Feinden in die Höhe zu treiben.

Ihre Augen funkelten. Ihr Blick wanderte von einem zum anderen, ehe sie mit entschlossener Stimme fragte: »Seid ihr bereit, Tod und Vernichtung über die Wulda und jeden anderen zu bringen, der sich uns in den Weg stellt?«

Die Antwort bestand in einem einstimmigen »Ja!«

Jaromir fügte hinzu: »Wir werden das Haus der Wulda stürzen und unser Schlachtruf wird *Ransaël* lauten.« Er erhob sich und sah seine Herrin an. »Ich werde eine Meldeeinheit formieren, die Euch über den Vormarsch auf dem Laufenden halten wird.«

Krishana legte den Kopf leicht schief. »Das wird nicht nötig sein. Ich werde die Streitmacht persönlich anführen.«

Jaromir erschrak. Nicht weil er befürchtete, seine Herrin könnte schlechte taktische Entscheidungen treffen. Krishana war klug genug, um zu wissen, dass er militärisch weitaus erfahrener war und sich im Zweifelsfall seinem Rat beugen. Das Problem bestand darin, dass es unter ihrem offiziellen Kommando keine Gnade und keine Einhaltung des Kriegsrechts geben würde. Sie dachte nicht an morgen und an die Verhandlungen, die nach dem Kampf geführt werden mussten, sie war allein von Rache getrieben.

Steif verbeugte er sich. »Ich spreche für alle Taboriten, die heute in die Schlacht ziehen werden, wenn ich sage, dass es uns eine Ehre ist.«

Krishanas Augen blitzten. Hatte sie sein Zögern bemerkt? Falls ja, hatte sie sich entschieden, dass es ein unguter Zeitpunkt war, einen neuen Feldherr zu bestimmen, denn sie erwiderte die Verbeugung mit einem Nicken und wandte sich dem Feuer im Kamin zu.

***

Karel Kovar stand mit verhärmter Miene am Fenster und starrte auf die Stadt, die im roten Licht der Abenddämmerung lag. Malechin hatte ihm eben berichtet, dass das Ritual vorbereitet war. Die Sterne stünden günstig, hatte er gesagt, und Karel hatte ihm die Erlaubnis erteilt zu beginnen. Es war richtig, versicherte sich das Oberhaupt der Nepomuk selbst. Die Zeit war gekommen, diesem Sündenpfuhl eine Ordnung aufzuzwingen, die Stabilität und Sicherheit bringen würde.

Die von Ismael im Rat gesprochenen Worte gingen ihm durch den Kopf: *Der beste Gebieter ist der, der keiner sein will.* Obwohl Ismael ein Rivale war, erkannte Karel seine Klugheit, ja seine Weisheit an, aber in diesem Fall täuschte er sich. Er musste sich täuschen. Karel wollte herrschen, und es würde zum Wohle aller sein. Furcht und Einschüchterung waren probate Mittel, um Autorität zu stiften. Er würde sich ihrer bedienen. Ja, es würde Blut fließen, aber auf lange Sicht würde der Gewinn die Opfer aufwiegen. In zehn Jahren vielleicht würde erkannt werden, dass er sie alle gerettet hatte. Sein Mut und seine Entschlusskraft würden bewundert werden.

Er seufzte. Diese Nacht würde sich die Verhältnisse in den gesamten Ödlanden verändern. Prak City war nur der Anfang. Niemand konnte es mehr aufhalten.

Die gesamte Garde stand unter Waffen und hatte eine ringförmige Verteidigung um das Gebäude errichtet. Das Ritual musste unter allen Umständen geschützt werden. Die Wache auf der Brücke war vervierfacht worden. Es würde geschehen. Es gab kein Zurück mehr.

Tief unter dem nachdenklichen Karel Kovar saß Bohdan über seine Rätsel gebeugt im Kerzenlicht. Er stand kurz vor der Lösung. *Der Grund des Grundes ist selbst ...*, notierte er. Ist was?, fragte er sich. *Tief?* – nein, *unergründlich?* Das war es auch nicht, nicht exakt. Jetzt hatte er es, schnell schrieb er das fehlende Wort nieder: *grundlos.* Er betrachtete den Satz und versuchte, seinen Sinn zu erfassen. *Der Grund des Grundes ist selbst grundlos.*

Lächelnd richtete er sich im Sitzen auf und streckte seinen Rücken durch. Er hatte den Sinn nicht vollends durchdrungen, aber sein Hirn brauchte eine Pause. Immerhin war es das letzte Rätsel gewesen – genaugenommen das letzte von denen, die er besaß. Eines war ihm abhanden gekommen. Es hatte gefehlt, als er von dem Treffen mit Danija zurückgekehrt war. Er betrachtete den verzierten Revolver, den sie ihm geschenkt hatte. Frauen waren ohne jeden Zweifel das größte Rätsel von allen. Auch wenn eines der Rätsel fehlte, glaubte er, dass Nathan stolz auf ihn sein würde. Das Schwierigste von allen hatte er soeben gelöst. Er strich mit den Fingern über den Revolver und rief die Erinnerungen an die Nacht mit Danija wach.

Schritte rissen ihn aus seinen Träumereien. Sonderbar, dachte er, Nathan bewegte sich doch normalerweise vollkommen lautlos. Und er war nicht allein, eine zweite Person näherte sich.

Bohdan drehte sich um und sah neben Nathan, der eine weiße Tunika trug, einen anderen Mann, den er nicht kannte. Ein älterer Mann in schwarzer Robe, deren Kapuze ein ernstes, bleiches Gesicht einrahmte. Seine tief liegenden Augen glänzten vom Schein einer Kerze, die er in einem Leuchter vor sich hertrug.

Bohdan stand auf.

»Meister, ich habe …« setzte er an.

Weiter kam er nicht. Nathan streckte die Hand aus, berührte ihn mit dem Zeigefinger am Hals und raunte ein Wort, das klang wie »Vrykola-neshama«. Das war kein Untername, dachte Bohdan noch, es war ein mächtiger Name. Schon brach die Wirkung über ihn herein. Er konnte sich nicht dagegen wehren. Seine Gedanken zerstoben wie vom Wind aufgescheuchter Sand in der Wüste. Schlagartig war sein Kopf leer. Er wusste nicht mehr, wo er war, noch wer er war. Die beiden unbekannten Männer sprachen miteinander, aber er verstand ihre Worte nicht. Eine Hand legte sich auf seinen Rücken. Die Hand übte Druck aus, und das verstand er. Sie wollten, dass er die Dinger benutzte, auf denen er stand. Willenlos setzte er einen Fuß vor den anderen. Sie leiteten ihn bis zu einer Wand. Der Mann mit der hellen Kleidung hob seine

Hand, strich mit ihr über den Stein, und plötzlich war da keine Wand mehr, sondern ein Durchgang.

Traumwandlerisch folgte Bohdan dem Verlauf eines Tunnels, der in einer weitläufigen Grotte mündete. Hier befanden sich weitere Gestalten in Kutten. Zwei von ihnen bewachten einen Haufen von bemitleidenswerten Kreaturen. Es waren Menschen, fast alle jung, Mädchen und Jungen. Sie waren spärlich bekleidet, die meisten trugen lediglich einen Fetzen Stoff um die Lenden. Manche standen bibbernd da, einige kauerten auf dem feuchten Felsboden. Jemand schob ihn zu ihnen, und da stand er. Ohne Erinnerungen und ohne Erwartungen verfolgte er dumpf, was die Männer in den Roben taten.

Mit Kreide wurde ein großer Kreis gezogen, und in den Kreis malte einer einen siebenzackigen Stern. Zwischen die Spitzen des Sterns wurden andere Symbole gezeichnet. Bohdan ahnte, dass er den Sinn zumindest einiger dieser Symbole einmal gekannt hatte. Noch etwas fiel ihm auf: Einer der beiden Robenträger, die nahe bei ihm standen, war anders als die Übrigen. Er stand ganz still, behielt die Hände in den Ärmeln. Eigentlich tat er rein gar nichts außer dazustehen – und doch, er stand anders da als die anderen.

Bohdan wurde bewusst, dass er sich in einer Art Traumzustand befand, aber er konnte sich nicht aus der Umnachtung befreien. Und es ging ihm nicht schlecht. Im Gegenteil, sofern er überhaupt etwas spürte, war es ein Gefühl von benommener Vorfreude. Auf was sich die Vorfreude bezog, konnte er nicht bestimmen. Ohne jedes Zeitgefühl beobachtete er die akribisch durchgeführten Ritualvorbereitungen. Als ihn jemand berührte, verstärkte sich das positive Gefühl, es schwoll in seiner Brust an und wurde zu einem ekstatischen Taumel. Vier Hände platzierten ihn auf einer Zacke des Sterns. Die Halbnackten wurden auf die anderen Spitzen verteilt, während sich der Mann mit der weißen Tunika in einen kleineren Kreis im großen stellte. Bohdan fiel auf, dass er ihn kurz ansah. Seine Miene war merkwürdig ernst. Wieso wirkte er so ernst, ja, traurig? Es gab doch keinen Grund dafür, sich nicht zu freuen. Bald schon würde etwas ganz Wunderbares geschehen. Bohdan schenkte ihm ein aufmunterndes Lächeln – vielmehr hätte er es getan, wenn ihm seine Lippen gehorcht hätten.

Die Männer in den Roben gruppierten sich um den Kreis. Sie stimmten einen gutturalen Gesang an. Es klang so wunderschön. Die Luft um Bohdan herum begann zu knistern, er spürte ein Prickeln auf der Haut. In den Gesang mischten sich nun Worte. Die Geräuschkulisse schwoll an, wurde zu einem durchdringenden Brummen und lauten Murmeln, der Boden vibrierte, und dann rief der Mann mit der weißen Robe ein Wort. – Nein, kein Wort, es war ein Name. Ein Name, der *Stein*, *hohes Alter* und vor allem *Erde* zum Ausdruck brachte. Ein Beben ging durch die

Grotte. Kleine Steine rieselten von der hohen Decke herab. Bohdan war in einem Zustand tiefster Verzückung. Das Mädchen auf der Zacke neben ihm sackte zusammen, Blut rann aus seinen Augen. Es hatte sein Leben gegeben, um die entstehende Macht im Zentrum zu nähren.

Oh, wie herrlich würde das werden!, schoss es durch Bohdans benebelten Geist. Er wollte sich auch hingeben. Es war eine unglaubliche Ehre, seinen Atem, sein Blut, sein ganzes Dasein dieser Macht zur Verfügung zu stellen. Begeistert begriff er, dass bald auch er an der Reihe sein würde. Die Macht zog bereits an ihm, und willig öffnete er sich.

***

Die Taboriten rückten im Schutz der Dunkelheit vor. Sie hatten eben die Grenze zum Zentrum passiert. Die regulären Truppen bildeten die Vorhut und sicherten Straßenzug um Straßenzug. Sie gingen gründlich und professionell vor, und Krishana, die auf dem Beifahrersitz eines gepanzerten Jeeps saß, war zufrieden. Wenn man bedachte, wie viele Fußsoldaten sie ins Feld führte, kamen sie gut voran. Jaromir führte den bewaffneten Volkssturm an. Ohne Zweifel war es ihm zu verdanken, dass noch niemand die Nerven verloren und ein Licht hatte aufleuchten lassen.

Ein Kundschafter kam eilig zurückgerannt und hielt neben dem Jeep an. »Truppenbewegungen drei Blocks östlich gesichtet.«

Krishana lächelte grimmig. »Kampfbereitschaft, aber nicht schießen, bis ich den Befehl dazu gebe.«

Ihre Vermutung bestätigte sich. Die Fanta hatten doch noch Vernunft angenommen und waren mit einer kleinen Streitmacht als Verstärkung gekommen. Langsam näherte sich die Gruppe dem Jeep. Angeführt wurde der Verband von Marek. Sein Bruder Viktor bewies damit, dass seine Unterstützung mehr als nur ein symbolischer Akt war.

Weshalb sie in so kleiner Zahl erschienen seien, wollte Krishana wissen.

Marek, der ein Gewehr auf dem Rücken trug, nahm einen tiefen Schluck aus einem vergoldeten Flachmann, ehe er antwortete: »Es gibt Anzeichen dafür, dass die wilden Stämme sich zusammengerottet haben und eine Chance wittern. Viktor will die Stadt nicht ungesichert lassen.«

Krishana nickte. Natürlich wollte das Oberhaupt der Fanta vor allem seinen Bezirk schützen, aber das war akzeptabel – sofern sich die Bedrohung bei späteren Untersuchungen als de fakto gegeben erwies.

»Reiht euch ein und lasst die Lichter aus«, wies sie Marek an, dann wandte sie sich an den Fahrer: »Wir rücken weiter vor.«

Danija hockte im Studierzimmer, das Zappa großzügig mit ihr teilte. Der Zauberer stand auf einer Stellleiter und blätterte in einem alten Buch, während sie immer noch über dem Rätsel grübelte, das sie von Bohdan stibitzt hatte. Zappa hatte den Lösungssatz unter die Aufgabenstellung geschrieben. Allein hätte sie bis zur nächsten Regenzeit dafür gebraucht, sie kannte sich nicht aus in der Zahlenmystik der Kabbalisten. Selbst Zappa hatte dafür einige Bücher wälzen müssen. Aber es war nicht der Lösungsweg, der sie interessierte, es war der Lösungssatz. Er lautete: *Hüte dich vor der Verschlagenheit eines sanftmütigen Mentors.* Das war doch fraglos eine Warnung. Und wenn er von dem Blinden Nathan stammte – und das war schließlich sehr wahrscheinlich – bedeutete das … Ja, was bedeutete es? Wieso sollte Nathan Bohdan vor sich warnen? Das ergab keinen Sinn.

Danija rieb sich die Augen. Sie hatte das ungute Gefühl, ausgerechnet das falsche Rätsel gestohlen zu haben. Sie hatte es aus einem Reflex heraus getan, um mehr über die Vorgänge bei den Nepomuk zu erfahren. Jetzt keimte ein erdrückend schlechtes Gewissen in ihr auf.

»Oh, sieh mal einer an«, murmelte Zappa.

»Hast du etwas gefunden?«, fragte Danija.

Der Magier stieg von der Treppe, legte das schwere Buch auf den Tisch und deutete mit dem Zeigefinger auf ein Zeichen. »Ist das jenes Symbol, das du auf der Hand deines Freundes bemerkt hast?«

»Ja, genau so sah es aus!«, rief Danija erregt.

Zappa räusperte sich. »Nun, es handelt sich um ein altes kabbalistisches Symbol. Seine Bedeutung scheint mir recht komplex, aber zusammenfassend lässt es sich wohl einigermaßen treffend mit *Opfer* übersetzen.«

Danija fuhr ein Schauder über den Rücken. Unwillkürlich erhob sie sich. Der Revolver, den sie Bohdan geschenkt hatte, kam ihr in den Sinn. Sie hatte ihn in eben diesem Studierzimmer in einer Truhe, die hinter Büchern stand, entdeckt. Zappa hatte gemeint, sie könne ihn behalten, wenn sie Verwendung dafür hätte. Ein Skaldae habe ihm das gute Stück als Lohn für einen Dienst vermacht, hatte Zappa erzählt und erklärend hinzugefügt, dass schlichte Waffen zum einen empfänglicher für magische Verbesserungen wären und zum anderen dem Tribut, der auf sie übergehe, besser standhielten. So gut der Revolver sein mochte, er würde Bohdan nicht retten. Sie musste etwas unternehmen. Rasch nahm sie ihre Jacke von der Garderobe neben der Tür und schlüpfte in die Ärmel.

»Was hast du vor?«, fragte Zappa erstaunt.

»Ich gebe Bohdan seinen Wagen zurück«, erwiderte Danija entschlossen. Sie hatte Zappa in beinahe jeder Hinsicht ins Vertrauen gezogen. Letztlich war auch er es gewesen, der den entscheidenden Hinweis zum Auffinden des Dodge gegeben hatte. Die Nepomuk, die ihr viel zu wenige Quins dafür gegeben hatten, hatten ihn an einen Freudenhausbetreiber im Zentrum verhökert. Dieser wiederum hatte ihn bei einem Würfelspiel an einen Schrottplatzbesitzer verloren. Der Schrottplatzbesitzer, Franky, war ein kluger Mann. Er hatte den Wagen umlackiert und ihn für Nacht und Nebelaktionen vermietet. Franky war gerissen, aber Danijas durch den Ring verstärkter mentaler Manipulation hatte er nichts entgegenzusetzen gehabt. Dennoch hatte sie am Ende das Zehnfache von dem bezahlt, was sie von den Nepomuk an der Brücke erhalten hatte.

»Du bist eine furchtbar miserable Fahrerin«, erinnerte sie der Magier, als Danija bereits die Tür geöffnet hatte. »Und ich kann dich keinesfalls begleiten«, fügte er hinzu.

Er warf einen sehnsüchtigen Blick auf seinen Zylinder. Er rang mit sich. Offenbar wollte er gerne mitgekommen, vermutlich um seine Schülerin zu schützen. Resigniert schüttelte er den Kopf. »Unmöglich, ich habe Viktor mein Wort gegeben, hier zu bleiben, falls die Stämme tatsächlich angreifen sollten.«

»Schon in Ordnung«, sagte Danija verständnisvoll. »Ich werde es schon irgendwie hinbekommen.«

»Wirst du nicht«, widersprach Alba, die sich unbemerkt genähert hatte. »Ich werde fahren. Ich will ohnehin mit eigenen Augen sehen, was in der Stadt vor sich geht.«

***

»Wir sind soweit«, meldete Nintendo Superdrive mit einem schiefen Grinsen. »Können jederzeit loslegen.«

Václav, der *Rattenkönig*, erwiderte das Grinsen mit einem Raubtierlächeln. »Sige, sige«, sagte er, und seine Hand näherte sich dem roten Knopf, der die Verriegelungen sämtlicher Käfigschlösser lösen würde. Oh, er wollte den Knopf so sehr drücken, aber er zögerte noch. »Alle haben sich in Sicherheit gebracht, und auch unsere größeren Schätzchen haben nur einen möglichen Weg, den sie gehen können?«

»Die Tunnel und Schächte sind genau nach Plan abgeriegelt. Sie werden alle nach oben kommen«, bestätigte Nintendo hibbelig. Auch er sehnte den Augenblick des Knopfdrucks herbei. Andererseits durfte auf keinen Fall etwas schiefgehen, war ihm bewusst, und deshalb war es auch gut, dass Václav die Entscheidungsgewalt hatte. Jeder andere Skalka, einschließlich seiner selbst, hätte den Knopf schon längst gedrückt. Václav strebte zwar ebenfalls Chaos und Zerstörung an – sonst wäre er nicht ihr Anführer –, zugleich jedoch verstand er sich darauf, einen langfristigen Plan zu schmieden und vor allem, sich dann daran zu halten. Václav trank niemals Alkohol und nahm auch keine Drogen. Er war ein anarchistischer Kontrollfreak, eine außerordentlich explosive Mischung und ganz und gar bewundernswürdig, wie Nintendo fand. *Jedem Chaos geht eine Ordnung voraus*, pflegte er zu sagen, und Nintendo sah dem Rattenkönig an, dass ihm gerade dieselben Worte durch den Sinn gingen.

Václavs Stirn, legte sich in Falten. Er ging alles noch ein letztes Mal durch. Langsam hob sich sein Kopf, bis sein Blick auf der Decke über ihnen ruhte. Er feixte und drückte mit dem Handballen den Knopf.

Kurz dominierte das ungestüme, triumphierende Kichern von Nintendo den engen Raum des einstigen Tickethäuschens, das ihnen als Schaltzentrale diente, dann brach es los.

Lautes Heulen hallte durch die stillgelegte U-Bahn-Station. Klacken war zu hören, Krallen auf den Gleisen. Knurren, Grunzen und Fauchen näherte sich. Als erstes kam eine Meute Gossenkatzen in Sicht. Sie schlichen, beide Schwänze hochgestellt, in die vorgegebene Richtung über das Gleis. Von etwas hinter ihnen aufgeschreckt, rannten sie plötzlich los.

Trotz des Sicherheitsglases, das sie von den Kreaturen abschirmte, schrak Nintendo zusammen, als ein groteskes Ungetüm auftauchte. Sein massiger Leib wurde von vier gekrümmten Beinen getragen. An seinem Maul schnappten Fangwerkzeuge auf und zu. Einen kurzen Augenblick richtete es seine sechs Augen auf das Tickethäuschen, dann stakste es den Gossenkatzen hinterher. Weitere Bestien folgten. Manche ähnelten Reptilien, schlank und schnell, andere erinnerten mit ihren dunklen, struppigen Fellen an zu groß geratene Bären.

Nintendo hatte seine Fassung zurückgewonnen und rief begeistert: »Hinauf, hinauf mit euch!«

Noch vor der vorletzten Regenzeit hatte der Rattenkönig begonnen, diesen Zoo von Mutanten und Nagai-nai anzulegen. Einen Teil hatten die Skalka selbst in den Außenbezirken eingefangen, aber er hatte auch Verträge mit Kopfgeldjägern geschlossen, die bis ins Seuchengebiet im Süden gezogen waren, um die Bestien zu betäuben, sie in die Vorstadt zu schaffen und bei den Skalka abzuliefern. Viele Unfälle waren geschehen, doch es war gelungen, das ganze Projekt geheimzuhalten. Heute machte sich diese Arbeit bezahlt.

Nintendo schauderte freudig, während ein wurmartiges Monstrum, aus dessen Flanken Tentakel ragten, sich schnaubend den Schacht entlangschlängelte. Dieses Ungeheuer und jene, die ihm noch folgten, würde direkt neben dem Ratsgebäude an die Oberfläche kriechen. Aber es gab fünf weitere Ausgänge, die über die gesamte Stadt verteilt waren; andere Nagai-nai würden als Ablenkung über die Brücke kommen.

Die Bestien würden Angst und Schrecken verbreiten und die hochnäsigen Oberflächenbewohner die Verachtung, mit der sie die Sklaka behandelt hatten, bereuen lassen. Und dann gab es ja auch noch die Stämme im Osten, mit deren Anführer sie verhandelt hatten …

Nintendo rieb sich die Hände und schaute zu Václav auf. Der Rattenkönig zwinkerte ihm zu und meinte: »Das wird eine ausgesprochen hässliche Party.« Beide lachten, während drei grässlich anzusehende Ungetüme mit dichtem, schwarzem Fell, die an aufrecht gehende Wölfe erinnerten, über das Gleis huschten.

»Was zur Hölle …« Der Gardist brach ab und senkte das Gewehr, durch dessen Zielfernrohr er die größte Meute Gossenkatzen ausgemacht hatte, die er je gesehen hatte. Hinter den Katzen war etwas Größeres, unbeschreiblich Widerwärtiges aufgetaucht. »Wir werden angegriffen! Alle Mann in Deckung!«

Die Katzen sprinteten los und starben unter den Salven der Maschinengewehre. Mit einem Mal war der ganze Platz vor der Brücke voll von Ungeheuern, die aus den Straßen hervorquollen, und allesamt strebten sie der Brücke entgegen.

»Mutanten!«, schrie ein junger Brückenwächter panisch.

»Macht sie nieder!«, rief ein Altgedienter, während er einen massigen, heranstürmenden Chitinleib mit Kugeln eindeckte.

Ron, der das Kommando des Vorpostens inne hatte, wurde bewusst, dass sie einem solchen Ansturm nicht ewig standhalten konnten. Die Munition würde ihnen bei diesem Dauerbeschuss bald ausgehen. Er zielte, schoss, zielte und schoss, aber die Flut nahm kein Ende. Gerade, als er den Befehl zum Rückzug geben wollte, brach ein Monstrum durch. Die Klauen schnellten vor und spießten seinen Kameraden auf. Mit einem Todesschrei wirbelte der Mann durch die Luft, während das Monster sich auf den nächsten stürzte. Ron riss das Gewehr hoch und drückte ab. Die Salve riss dem Ungeheuer den Unterkiefer weg, aber die Klauen zerfetzten dennoch den Mann, der mit ihm gerungen hatte.

»Rückzug!«, befahl Ron, so laut er konnte. »Zur anderen Seite der Brücke!«

Er blickte über die Schulter, und sein Herz setzte einen Schlag aus. Die Abwehr der unerwarteten Attacke hatte seine ganze Aufmerksamkeit gefordert. Nur dadurch war ihm entgangen, dass auch in der Stadt ein Kampf entbrannt war. Schüsse hallten über den Fluss, und über dem Zentrum loderten Flammen in den Himmel. Sie wurden von mehreren Seiten angegriffen.

»Rückzug!«, bellte er noch einmal und schoss auf ein krebsartiges Wesen, das sich ihm auf sechs Beinen rasch näherte.

»Ratte hat wahr gesprochen«, meldete ein Stammeskrieger, der als Kundschafter ausgewählt worden war. »In der Stadt tobt großer Krieg.«

»Gut«, brummte Vsul, dem es gelungen war, einen Großteil der Stämme unter dem Banner der Slundenu zu vereinen. Die törichten Städter hatten ihm die Möglichkeit dazu gegeben. Bei dem Überfall auf das Frachtschiff hatte er genug Mittel erbeutet, um die wichtigsten Häuptlinge zu überzeugen, sich ihm anzuschließen.

»Es wäre klug zu warten, bis sie sich gegenseitig aufgerieben haben und geschwächt sind«, riet Togash, der Medizinmann.

»Nein«, grollte Vsul, »wir werden ihnen nicht die Gelegenheit bieten, sich neu zu formieren. Wir machen es, wie die Ratte vorgeschlagen hat. Wir greifen sofort an.«

»Hmm«, machte der Medizinmann skeptisch.

Vsul packte ihn an seiner Knochenkette und zog ihn zu sich heran, um leise hervorzupressen: »Wenn die Ratte recht hat, wird es ein fürchterliches Gemetzel geben, und ich will nicht, dass unsere Verbündeten die Macht unserer Feinde zu früh sehen. – Verstanden?«, fügte er knurrend hinzu.

Der Medizinmann, der an die Ausbrüche seines Häuptlings gewöhnt war, nickte zustimmend, woraufhin Vsul ihn losließ. Der Hüne stand auf, zog einen Tomahawk aus seinem breiten Gürtel und wandte sich zu den in geduckter Haltung wartenden Kriegern um. Er reckte den Tomahak in die Luft und brüllte: »Krieg!«

Tausend Kehlen streitlustiger Stammeskrieger erwiderten begeistert seinen Schlachtruf.

Die Macht in der Mitte des Kreises hatte sich verdichtet, war zu einer Präsenz angewachsen. Ein Erdendämon, ein Golem war am Entstehen. Bohdan, durch den Zauberbann willenlos gemacht, fieberte der Erweckung des Dämons entgegen. Die Gesänge der Robenträger waren zwei Oktaven höher geworden und klangen nun beinahe schrill, frenetisch. Der Mann in der weißen Robe, von dem Bohdan ahnte, dass er ihn irgendwoher kannte, murmelte unverständliche Worte und Formeln. Bohdan fühlte, wie er schwächer wurde, wie ihm seine Lebensenergie abgesaugt wurde. Er wollte es, sein einziger Wunsch bestand darin, alles zu geben, genau wie die anderen vor ihm, die zu leblosen Hüllen auf den Zacken des Sterns niedergesunken waren.

Bohdan stöhnte innerlich auf, jetzt! Er fühlte, wie ihm das Leben aus dem Körper gesogen wurde. Aber etwas störte seine Hingabe. Ein Vorgang außerhalb des Kreises. Einer der Robenträger verließ die Runde. Verstohlen blickte er sich um und huschte dann zu einer Tür. Er zückte einen Schlüssel und schloss sie auf. Eine weitere Gestalt in Robe erschien, die Kapuze tief ins Gesicht gezogen. Der andere machte sich durch die Tür davon, während die eingelassene Person mit schnellen Schritten auf den Kreis zuhielt.

Oh, sie führte Böses im Schilde, sie wollten das Ritual stören. Bohdan wollte den Mann in der weißen Tunika warnen, aber seine Zunge gehorchte ihm nicht. *Dreht euch um, schaut nach hinten!,* wollte er den Robenträgern, die singend um den Kreis herumstanden zurufen, aber es ging nicht. Sein Mund war gelähmt.

Die sich nähernde Gestalt warf die Kapuze zurück. Eine Frau. Eine Frau mit roten, halblangen Haaren, das Gesicht eine Grimasse aus Wut und Entschlossenheit. Jetzt griff sie mit beiden Händen in die Robe.

Oh nein! Bohdan war entsetzt. Sie würde alles zerstören. Die Hände kamen aus der Robe heraus, beide hielten Maschinenpistolen. Ohne ein Wort der Vorwarnung ratterten sie los und streckten die Männer um den Kreis herum nieder. Diese schrien auf, ihr Gesang brach jäh ab. Zwei suchten ihr Heil in der Flucht, aber sie kamen nicht weit. Kugeln bohrten sich in ihre Rücken, und sie stürzten hart zu Boden. Nun legte die Frau auf den Mann in der weißen

Tunika an. Bohdan sah wie sie die Abzüge durchdrückte, hörte den Knall und sah die Mündungsblitze.

Aber was war das? Die Kugeln prallten von einer unsichtbaren Barriere ab. Der Kreis, begriff Bohdan, er schützte ... Nathan. Das war der Name des Mannes! Der Blinde Nathan. Und er selbst hieß ... Bohdan – Bohdan Novotny, *seine Freunde nannten ihn Boh*. Plötzlich wurde ihm schwindlig. Sein Kopf fühlte sich an, als würde er jeden Moment zerbersten. Einer Flutwelle gleich kehrte seine gesamte Erinnerung zurück. Er wusste wieder, wer er war und schlagartig wurde ihm bewusst, dass er sich in höchster Gefahr befand. Nathan, sein Mentor, wollte ihn opfern!

Die Frau, die zur Rettung gekommen war, hieb nun mit einer Klinge auf die Barriere ein, die den Kreis umgab, aber es würde ihr nicht gelingen, sie zu durchdringen. Woher wusste er das? Und plötzlich überrollte ihn eine zweite, noch höhere Woge der Erkenntnis. Mit einem Mal verstand er alles. Den Ritualaufbau, die Zeichen und Symbole, ihren Sinn und ihre Wirkung auf das gesamte magische Konstrukt. Es war, als wäre er erleuchtet worden, als wäre etwas tief in seinem Inneren erwacht, das zu lange schon geschlummert hatte. Aber auch etwas anderes stand im Begriff zu erwachen. Ein Grollen wie von nahem Donner drang tief aus der Erde unter ihm und brachte den Boden zum Beben. Es war nicht aufzuhalten, der Dämon würde jeden Augenblick ins Leben treten. Das einzige, was ihm übrig blieb, war …

Ja! Mit einem Mal wusste er, was er zu tun hatte. Er fokusierte all seine restliche mentale Kraft und griff in die Ordnung des Rituals ein. Es war ihm nicht möglich, sie grundsätzlich umzuformen, aber es lag in seiner Macht, zwei Positionen zu vertauschen. Es war ihm gleich, ob ihn der Tribut in Stücke reißen würde, ihm blieb keine andere Wahl. Fieberhaft nahm er die Veränderung vor. Kurz war er sich nicht sicher, ob es funktioniert hatte, doch dann spürte er, wie die Lebenskraft in ihn zurückströmte.

»Nein!«, schrie Nathan neben ihm. Die Luft knisterte, der Dämon materialisierte sich bereits. Alles was er noch benötigte, war ein Leben, eine Seele – und die holte sich der Golem nun. Nathan krümmte sich, sein Gesicht verzerrte sich vor unerträglichen Schmerzen. Er ging auf alle Viere nieder, und in einem letzten Aufbäumen hob er den Kopf. Sein Blick traf den von Bohdan. Den Bruchteil einer Sekunde sahen sie sich an, Meister und Schüler. Kurz hatte Bohdan den Eindruck, Nathan wolle lächeln, dann fuhr ein Ruck durch seinen Leib, und er sackte leblos in sich zusammen.

Bohdan ging auf die Knie. Der Tribut kündigte sich an, aber er war anders als der, den er gewohnt war. Er drang auf einer anderen Bahn in seinen Kopf. Ihm wurde schwarz vor Augen. Er konzentrierte sich ganz darauf, einen Weg zu finden, den Tribut zu bewältigen. Am Rande seines Bewusstsein nahm er wahr, dass der Schutzkreis in sich zusammenbrach. Die Schamanen in den Roben hatten eine Menge Magie in ihn fließen lassen, aber die waren tot, und ohne neue Energie war der Kreis kein Hindernis für … für … einen Erzdämon.

Bohdan erhaschte nur einen kurzen Blick auf die riesenhafte Gestalt, die aus dem Boden in die Höhe wuchs, dann schleuderte ihn eine ungeheure Kraft nach hinten, als der Golem den Schutzkreis endgültig sprengte. Bohdan prallte mit Hinterkopf und Rücken gegen etwas Hartes und sackte in sich zusammen.

Er blinzelte und rappelte sich mühevoll auf die Beine. Erst jetzt erfasste er den Golem richtig. Er war so groß, dass er gebückt stehen musste. Seine Haut war lehmbraun und wirkte äußerst widerstandfähig. Der ganze massige Leib war unförmig, wie wenn man ihn roh aus Stein gehauen hätte, und wirkte zugleich absurd muskulös. Auf einem kurzen, breiten Hals saß ein wuchtiger Kopf. Schwulstige Lippen umgaben einen riesiges, schiefes Maul, die tiefliegenden Augen glommen in einem dunklen Rot und erinnerten an glühende Kohlen.

Obwohl Bohdan noch immer mit dem Tribut rang, konnte er nicht anders, als einen Blick auf die Aura des Dämons zu erhaschen, sie drängte sich ihm geradezu auf. Es verschlug ihm den Atem. Die Kreatur bestand aus reiner bösartiger Energie. Sie war getrieben von einem einzigen Instinkt: Zerstörung.

Der Golem schnupperte, seine Nüstern blähten sich, dann schnaufte er laut und stieß ein markerschütterndes Brüllen aus. Er ballte die rechte Pranke zur Faust, holte aus, wobei sein Ellbogen die Wand der gegenüberliegenden Seite der Grotte zum Einsturz brachte, und schwang den Arm in einem weiten Bogen dicht über dem Boden. Der Angriff galt nicht ihm, begriff Bohdan, sondern der Frau, die sich mit zwei Macheten in den Händen dem Dämon entgegenstellte. Sie sprang im letzten Augenblick über das Handgelenk des Dämons hinweg und hieb mit beiden Klingen zu. Es war nutzlos, die Klingen richteten keinen Schaden an, aber Bohdan bewunderte den Mut dieser furchtlosen Kriegerin. Zu spät erkannte er, dass die Faust, mit nur leicht verminderter Geschwindigkeit, jetzt genau auf ihn zukam. Selbst in Bestform wäre ihm kein Sprung wie der der Frau gelungen.

Ohne nachzudenken malte er mit dem rechten Zeigefinger die zwei Zeichen für den Panzerspruch auf seinen linken Arm und murmelte: »*pathina – robustu*«. Die Faust traf ihn und riss ihn wie eine Puppe von den Beinen. Einige Sekunden segelte er durch die Luft, dann stoppte die Höhlenwand abrupt seinen Flug. Er stürzte zu Boden, keuchte und verlor die Besinnung.

Als er wieder zu sich kam, herrschte bis auf fernes MG-Gewitter Stille. Der Golem war verschwunden. In der Grottendecke befand sich ein klaffendes Loch, sodass Bohdan an den Trümmern vorbei steil hinauf in den Sternhimmel blickte. Der Boden war übersät von herabgestürzten Steinbrocken und den Leichen der Robenträger. Die Frau, die mutige Kriegerin, die ihn durch die Störung des Rituals gerettet hatte, lag nicht weit von ihm entfernt. Offenbar hatte sie gekämpft und verloren, aber sie regte sich noch, sie war nicht tot, nur schwer verwundet. Bohdan ließ seinen Geist durch den eigenen Körper wandern. Soweit er feststellen konnte, war nichts gebrochen, und seine Organe waren intakt. Ächzend kam er auf die Beine und schleppte sich zu der Frau. Er kniete sich neben sie. Ihr enganliegender Lederanzug war von der Brust bis zum Bauch aufgerissen. Behutsam legte er seine Hand auf die nackte Haut. Sie stieß ein mattes Fauchen aus.

»Schon in Ordnung«, sagte Bohdan beruhigend, »ich will dir nur helfen.«

Sie biss die Zähne zusammen und ließ es geschehen.

Bohdan stellte Kontakt zwischen seinem Geist und ihrem Körper her. Jedes Wesen umgab eine Aura, das hatte die Baronesse ihn gelehrt. Sonderbarerweise traf dies bei dieser Frau nicht zu. Da war nichts, rein gar nichts. Bohdan ignorierte diese eigenartige Beobachtung und ging systematisch die Körperpartien durch und kam zu dem Schluss, dass der sich in einem wesentlich schlechteren Zustand befand, als von außen sichtbar gewesen war. Ein Wirbel war herausgesprungen, eine Rippe war gebrochen und stach in den linken Lungenflügel, ein Riss in der Leber verursachte innere Blutungen, und das rechte Knie wies einen komplizierter Bruch auf.

Bohdan atmete tief durch und machte sich an die Arbeit. Er konnte sie unmöglich wieder ganz herstellen, aber er würde wenigstens die lebensbedrohlichen Verletzungen so weit heilen, dass sie nicht sterben würde. Eins nach dem anderen, sagte er sich. Erst schloss erst den Riss in der Leber, bewältigte den Tribut, kümmerte sich dann um die Rippe und die Lunge, und zuletzt rückte er den Wirbel wieder an seinen vorgesehenen Platz. Die Frau schrie auf, und Bohdan sackte in sich zusammen. Sterne tanzten vor seinen Augen, sein Kopf fühlte sich an als würde ihn jemand in schnellem Takt mit einem Hammer bearbeiten. Seine Kräfte waren nun endgültig über die Maßen strapaziert. Wenn er jetzt noch das Knie versorgte, würde der Tribut ihn umbringen.

»Danke«, flüsterte die Frau, griff nach seiner Hand und bat: »Hilf mir auf.«

Bohdan konnte es nicht fassen. Die Frau mochte hart im Nehmen sein, aber in ihrem Zustand würde sie gewiss nicht aufstehen können, nicht heute und nicht die nächsten Tage. Müde schüttelte er den Kopf.

»Wir müssen die Bestie aufhalten«, stieß die Frau ärgerlich hervor. »Sie wird die gesamte Stadt verwüsten. Komm, jetzt hilf mir schon auf.«

Wider besseres Wissen gab Bohdan nach und stützte die Frau, dass sie auf die Beine kam – besser gesagt auf ein Bein, das rechte konnte sie nicht belasten. Unfassbarerweise hielt sie sich aufrecht. »Und jetzt raus hier«, knurrte sie.

Das war leichter gesagt als getan. Der Weg, den der Golem genommen hatte, war viel zu steil für sie, deshalb mussten sie durch den Tunnel, an den Bohdan sich nur vage erinnerte. Er half der Frau bis zur Wand, wo sie sich anlehnen konnte, dann musste er eine Weile suchen, bis er den Eingang fand. Zum Glück war er nicht verschüttet. Arm in Arm schleppten sie sich durch die Dunkelheit. Sie nahmen exakt denselben Weg, den Bohdan gekommen war.

»Warte«, sagte er, als sie den Kellerraum erreichten, in dem er seinen Studien nachgegangen war. Er verdrängte die Frage, ob Nathan von Anfang an vorgehabt hatte, ihn dem Dämon als Opfer darzubieten, schnappte sich den Revolver, den Danija ihm geschenkt hatte, und sagte diesem Lebensabschnitt stumm Lebewohl.

Die zahllosen Stufen mussten ein Martyrium für die Frau bedeuten. Häufig blieben sie stehen, rangen nach Atem, und Bohdan roch den salzigen Geruch von Schweiß. Aber die Frau beschwerte sich kein einziges Mal und fragte auch nicht, wie viele Stufen noch folgen würden. Sie war von einer geradezu unmenschlichen Entschlossenheit getrieben.

»Wie heißt du eigentlich?«, fragte Bohdan, als sie es endlich geschafft hatten und durch die langgestreckte Halle mit den großen, oben abgerundeten Fenstern humpelten.

»Nummer Acht«, gab die Frau leise zurück. »Aber in den Ödlanden bin besser bekannt unter dem Namen *Der Schwarze Reiter*.«

***

Die Fahrt durch die nächtliche Stadt war erstaunlich reibungslos verlaufen, was fraglos auf Albas Ortskenntnis und ihr taktisches Verständnis zurückzuführen war. Danija hatte den Eindruck, sie waren die ganze Zeit über an einer brechenden Welle entlanggefahren.

Im Zentrum hatte es angefangen. Rechts von ihnen war Kampfeslärm ausgebrochen, die Taboriten waren also auf die Wulda gestoßen. Viktor rechnete mit einem raschen Sieg, nur darum hatte er Marek als Zeichen guten Willens zur Unterstützung geschickt. Danija wusste, dass Alba Zweifel daran hegte, und das frühe Aufeinanderprallen der Streitkräfte schien ihr rechtzugeben. Wenn die Wulda nicht vorgewarnt gewesen wären, hätten die Gefechte weiter südlich stattfinden müssen.

Sie waren im schwarz lackierten Dodge durch eine verwinkelte Seitenstraße in den Bezirk der Nepomuk eingedrungen und hatten sich mit ausgeschalteten Scheinwerfern langsam dem Hauptquartier genähert. Niemand hatte sie aufgehalten, und nun wussten sie auch weshalb. Das Klementinum, von dem aus Karel Kovar seinen Bezirk kontrollierte, war zu einer Festung ausgebaut worden. Alba reichte Danija das restlichtverstärkende Fernglas, und Danijas Mut sank. Drei Ringe von Barrikaden und Sandsäcken umgaben das Gebäude, in dessen Keller sich Bohdan befand. MG-Stände, Scharfschützen, gepanzerte Fahrzeuge. Die Nepomuk hatten ihre gesamten Kräfte hier zur Verteidigung zusammengezogen. Selbst mit der stärksten Magie war kein Durchkommen möglich.

»Es tut mir leid«, sagte Alba.

Plötzlich zerriss ein Schuss die Nachtluft. Aber sein Schall kam nicht von Süden her, sondern aus Richtung der Brücke, die direkt an das Klementinum anschloss. Weitere Schüsse folgten. Die Brücke wurde angegriffen. Danija löste ihren Geist von ihrem Körper, flog in einem Wimpernschlag über den Fluss und beobachtete, was vor sich ging. Alptraumhafte Kreaturen stürmten auf eine Garde von Nepomuk-Soldaten ein. Rasch kehrte Danija in ihren Körper zurück. Sie ahnte, dass sie ihre Kräfte diese Nacht mit Bedacht einsetzen sollte, und nahm deshalb auch den Kampfverlauf im Süden nicht genauer in Augenschein.

In knappen Sätzen teilte sie Alba mit, was sie gesehen hatte. »Was ist hier eigentlich los?«, dachte sie laut nach.

»Die Skalka«, spie Alba wütend aus, »sie gießen Öl ins Feuer.«

Eine Weile schwiegen sie. Bald konnten sie durch das Fernglas Gestalten auf der Brücke sehen, Soldaten in panischem Rückzug, die hart von Schreckenskreaturen verfolgt wurden. Die wenigen Männer, die es bis zum letzten Drittel der Brücke schafften, waren vorerst in Sicherheit, denn nun eröffnete die Hauptwache vom diesseitigen Turm das Feuer.

»Sie haben eine Gatling«, staunte Alba, als das Brückenpflaster mit heftigen Explosionen eingedeckt wurde, welche die Mutanten in Stücke rissen.

Im ersten Augenblick schob Danija das mächtige Beben, das plötzlich einsetzte, auf die große Feuerwaffe, aber das war natürlich Unsinn. Nein, es kam von tief unter ihnen. Der Dodge schüttelte sich wie ein nasser Hund, dann war es vorbei. Alba und Danija sahen sich beunruhigt an, und plötzlich keimte in Danija ein schrecklicher Verdacht auf. Wieder ein Beben, stärker als das zuvor, gefolgt von einem markerschütternden Brüllen.

Danija sah ihn, bevor er tatsächlich in Sicht kam. Ein Golem, ein Wesen aus einer Zeit vor jeder Geschichte. Wer konnte so vermessen sein, so etwas aus dem Schlaf zu erwecken?

Selbst die sonst so selbstbeherrschte Alba zuckte zusammen, als eine riesige Faust durch den rechten Flügel des Klementinums stieß. Eine zweite Hand brach durch den Stein, der unter dem Schlag wie Pappe zerbarst. Die Finger beider Pranken öffneten sich, suchten nach Halt, und die massige Kreatur zog sich nach oben. Der Flügel des Gebäudes stürzte nun komplett ein, Stein, Mauerwerk und Ziegel prasselten auf die entsetzen Soldaten in ihren Stellungen herab. Einige sprangen panisch hinter ihren Sandsäcken hervor und flohen, andere richteten ihre Waffen auf den Dämon aus. Große und kleine Geschosse deckten den braunen Leib des Kolosses ein. Aber sie richteten nichts aus, sie schienen den Dämon nur noch wütender zu machen. Die ersten erschlug er mit Hieben seiner Fäuste, dann befreite er sich von den den Trümmern um seinen Unterleib, ragte in seiner vollen Größe in die Höhe des Sternhimmels und zerquetschte jene, die voller Verzweiflung weiterhin das Feuer auf ihn richteten, unter seinen klobigen Füßen. Wie Ameisen stampfte er sie nieder, aber er ging nicht gründlich vor. Er war wie ein Tier in blinder Raserei, und als niemand mehr auf ihn schoss, wandte er sich der Südstadt zu, wo Feuersäulen in den Nachthimmel loderten. Er stieß ein Brüllen aus, ein Klang, als würden gigantische Steinmassen aufeinander reiben, und stapfte den Feuersäulen entgegen.

Gebannt schaute Danija dem Golem nach und reagierte daher verspätet auf die mentale Kontaktaufnahme. Sie öffnete ihren Geist und hörte Zappas Stimme in ihrem Kopf. *Bei allen Geistern*, manifestieren sich die Gedanken des Zauberers in ihrem Kopf, *was ist eben geschehen?*

Ein Golem ist erwacht, erwiderte Danija auf demselben Weg.

Zappa fluchte nonverbal, ehe er mitteilte: *Dann stecken wir in noch größeren Schwierigkeiten, als ich befürchtet habe. Die Stämme greifen uns an. Noch können wir die Mauer halten, aber ich weiß nicht, wie lange noch. Sie haben einen Druiden bei sich, der sein Handwerk versteht.*

Kurz herrschte Stille. Zappa wirkte vermutlich gerade einen Zauber. *Es sind zu viele*, übermittelte er, *wir müssen uns zurückziehen.* Die Verbindung wurde gekappt, und Danija gelang es nicht, sie wiederherzustellen.

Alba sah sie fragend an.

»Zappa«, erklärte Danija knapp. Sie entschied, den Angriff der Stämme nicht zu erwähnen, noch nicht. Würde Alba jetzt davon erfahren, könnte nichts auf der Welt sie aufhalten, auf der Stelle zurückzurasen, um an der Seite von Viktor und Zappa zu kämpfen.

Der Weg war frei, Bohdan zu befreien – sofern er noch lebte. Sie rechtfertigte ihr Schweigen zusätzlich damit, dass Zappa sie nicht um Hilfe gebeten hatte.

Zu Bohdan konnte sie keine direkt Verbindung herstellen, das erforderte den Austausch von Blut und einen speziellen Spruch, den man gemeinsam wirkte. Aber sie beschloss, noch einmal ihren Körper zu verlassen. Die magischen Barrieren, die normalerweise jedes Hauptgebäude sicherten, waren von dem Golem zerstört worden. Ungehindert drang Danijas Geist in den unversehrten Flügel des Klementinums ein, schwebte durch eine Halle, an deren einen Seite Bücherregale standen, während die andere von großen, oben abgerundeten Fenstern dominiert wurde. Dort! Zwei Gestalten, die sich aufeinander stützten. Erleichterung überkam Danija. Bohdan! Sie näherte sich seiner Begleiterin und wurde jäh in ihren Körper zurückgeschleudert.

Sie öffnete die Augen. »Bohdan«, sagte sie, »er lebt, er kommt uns entgegen.«

Alba ließ den Motor des Dodge an und gab Gas.

***

Wer nicht daran glaubt, dass Rache süß ist, hat Krishana in dieser Nacht nicht gesehen.

Die Wulda waren von Spähern gewarnt worden und hatten noch vor ihrem Bezirk eine improvisierte

Straßensperre errichtet. Als die vereinte Streitmacht aus Taboriten und Fanta anrückte, war einer der Wulda, eine weiße Fahne schwenkend, über ein Autodach geklettert. Offensichtlich hatte er die Absicht zu verhandeln. Krishana hatte ihrem Fahrer die Pistole aus dem Gürtelholster gerissen und den Mann kurzerhand niedergeschossen. Auf beiden Seiten war daraufhin das Feuer eröffnet worden, doch der Kugelhagel endete abrupt, als Hansho den Verteidigern mit einem von ihm selbst zusammengestellten Trupp in den Rücken gefallen war. Der Killer hatte seine Klinge tanzen lassen und einen überraschten Gegner nach dem anderen gefällt. Krishanas Herz hatte jedes Mal gejauchzt, wenn ein Wulda den Tod fand. Je grausamer, desto besser.

Da der Feind nun wusste, wo sie sich befanden, hatte es keinen Zweck mehr, verstohlen vorzurücken. Krishana setzte jetzt auf Schnelligkeit. Als die Streitmacht in geschlossener Formation ins Gebiet der Wulda eindrang, wurde der Widerstand stärker. Scharfschützen auf Dächern mussten ausgeschaltet, MG-Stände eingenommen werden. Aber alles in allem kamen sie gut voran, bis Tumult in den hinteren Reihen ausbrach. Eine Meute Gossenkatzen fiel sie von hinten an. Und als ihnen eine andere Art Bestie in die Flanke fiel, gab Krishana zähneknirschend den Befehl, den Vormarsch zu stoppen und eine Verteidigungsformation einzunehmen, wie Jaromir es mit der nachrückenden Miliz bereits getan hatte. Bei ihrer Feuerstärke waren die Verluste gering, aber Krishana schäumte über vor Wut, weil der Angriff der Biester den Vormarsch aufhielt und dem Feind damit Gelegenheit bot, sich besser zu organisieren. Sie verfluchte die Skalka. Ohne Zweifel hatten sie diese Bestien losgelassen.

Selbst schuld, ärgerte sie sich über sich selbst, es war töricht gewesen, auf das Wort des Rattenkönigs zu hören. Ihr hätte klar sein müssen, dass die Skalka ihre eigenen Ziele verfolgten.

Die Flut der Bestien ebbte ab. Krishana wollte eben aus dem Jeep steigen, um sich mit Jaromir und Marek zu beraten, dass sie endlich weiterzogen, da verstummten plötzlich die Schüsse der verschanzten Feinde. Krishana kniff die Augen zusammen, und nun sah sie, was sich von Süden her näherte. Erst glaubte sie, es handle sich um weitere Bestien, aber diese globigen Dinger, die mehr als doppelt so groß wie ein ausgewachsener Mann waren, bestanden aus Metall.

»Kampfroboter!«, gellte ein panischer Schrei eines Kundschafters, der hinter einer Häuserwand Deckung genommen hatte. Die Maschinen stapften Seite an Seite heran, blieben stehen und hoben langsam ihre Arme, an denen Geschützrohre auszumachen waren.

Krishana sprang aus dem Jeep. Keine Sekunde zu früh – ein dumpfes Dröhnen, und die gesamte Front des Wagens wurde von Kugel durchlöchert. Marek stürmte, begleitet von einem Trupp Fanta, an Krishana vorbei. Sie eröffneten das Gegenfeuer, und einer legte mit einer Panzerfaust an. Der zweite Kampfroboter stapfte ihnen entgegen, Flammen schossen aus seinem Unterarm hervor und verwandelten die tapferen Männer in vor Schmerz schreiende, lebendige Fackeln. Die Panzerfaust explodierte, und die Schreie verstummten. Marek, ihr Verbündeter war gefallen, Krishana sah sich um. Das Blatt hatte sich gewendet, ihre Männer befanden sich in Angststarre, sie brauchten einen Anführer. Wäre nur Ransaël bei ihnen!

»Formation halten!«, brüllte Jaromir, der mit zwei Dutzend Milizsoldaten von hinten aufschloss. »Deckung nehmen! Feuer erwidern!«, setzte er hinzu, und die Männer gehorchten. Jetzt hatte er Krishana erreicht. Er gab zwei Schüsse aus seiner Pistole ab, dann packte er sie, zog sie auf die Beine und riss sie in Deckung, ehe die nächste Salve des linken Mechs Männer und Material niedermähte.

Sie hatten die verwundete Frau auf die Rückbank gelegt. Bohdan setzte sich behutsam neben sie und zog die Tür zu.

»Was jetzt?«, wollte Alba wissen.

»Erst einmal weg hier«, erwiderte Danija, schloss die Augen und versuchte, Kontakt mit Zappa aufzunehmen. Es gelang. Zappa übermittelte: *Wir wurden überrannt. Ein Teil der Stammeskrieger plündert, der größere jedoch dringt tiefer in die Stadt vor. Viktor und ich konnten uns rechtzeitig zurückziehen. Wir befinden uns auf der Flucht.*

Was sollen wir tun?, fragte Danija.

Kurz herrschte Schweigen, dann manifestierten sich die Worte in Danijas Kopf: *Viktor sagt, ihr sollt versuchen, irgendwie diesen Golem aufzuhalten.*

In Ordnung, antwortete Danija, obwohl sie nicht die geringste Ahnung hatte, wie sie diese Aufgabe bewerkstelligen sollten. Sie öffnete die Augen und setzte Alba nun vollständig ins Bild. Alba fluchte und schlug auf das Lenkrad.

»Ismael«, stöhnte die Frau von der Rückbank.

Danija drehte sich auf dem Sitz um. Bohdan nickte heftig.

Sie hatten kaum vor dem tempelartigen Hauptquartier des Hauses Tanach gehalten, als eine Tür aufschwang und Ismael in Begleitung eines alten Mannes erschien, dessen grauer Bart ihm bis zum Gürtel reichte. Alba stieg aus, aber noch ehe sie das kahlköpfige Oberhaupt der Tanach angemessen grüßen konnte, sagte Ismael, der sonst so viel Wert darauf legte, seine Worte mit Bedacht zu wählen, schnell, beinahe fiebrig: »Wir haben den Golem gesehen. War einer bei der Erweckung anwesend?«

Danija, die nun ebenfalls ausgestiegen war, deutete auf Bohdan.

»Bei allem Nachhall«, seufzte Ismael erleichtert und fuhr sich über die faltenreiche Stirn, »dann haben wir eine Chance, ihn aufzuhalten.« Er wies mit dem Kinn auf seinen Begleiter. »Yasar ist unser kenntnisreichster Gelehrter. Er wird euch begleiten. Wir folgen euch nach.«

Alba war überrascht von der raschen Hilfe, aber auch ihr war bewusst, dass sie keine Sekunde zu verlieren hatten, und so nickte sie dankend und stieg rasch wieder in den Dodge. Auf der Rückbank wurde es eng. Bohdan bettete vorsichtig den Kopf von Nummer Acht auf seinen Schoss, und der Gelehrte quetschte sich neben ihn. Die Türen schlugen zu, und schon quietschten die Reifen.

Sie rasten ins Zentrum. Von dort aus war es nicht schwer, der Spur der Verwüstung zu folgen, die der Golem hinterlassen hatte. Während sie fuhren, stellte der orthodoxe Kabbalist Bohdan allerhand Fragen über das Ritual. Er war anstrengend, sich zu erinnern, aber er konnte alle Fragen beantworten, und als der greise Mann ihn bat, eine Zeichnung anzufertigen, gelang es ihm, trotz Erschöpfung und kurvenreicher Fahrt ein recht genaues Abbild des Ritualaufbaus zu skizzieren. »Und der Name des Dämons?«, fragte Yasar. »Kannst du versuchen, ihn auszusprechen?«

Bohdan bemühte sich, die lange, komplizierte Lautfolge, die Nathan immer wieder gemurmelt und gerufen hatte, nachzubilden. Yasar forderte ihn mehrmals auf, es zu wiederholen, endlich nickte er. »Habt ihr eine Waffe bei euch?«

Bohdan zog umständlich den Revolver hervor. Der Gelehrte betrachtete die Waffe, öffnete die Trommel und ließ alle Patronen bis auf eine achtlos zu Boden fallen. Diese eine legte er in seine linke, faltige Handfläche und kreiste mit der rechten Hand darüber, dabei raunte er und am Ende ritzte er mit dem Nagel seines Zeigefingers Zeichen in das Geschoss.

Bohdan sah ihm neugierig zu, bis seine Aufmerksamkeit jäh abgelenkt wurde. Alba riss das Lenkrad herum, und der Dodge wich gerade noch einem krokodilartigen Wesen aus, das aus einer Seitenstraße hervorgekommen war. Sie bewegten sich in schnellem Tempo auf eine Kreuzung zu, wo andere Kreaturen versammelt waren. Etwas Insektoides überragte die anderen. Alba bremste und schaltete einen Gang herunter. Die Biester beachteten sie nicht, allesamt strebten sie in die Straße, die rechts von der Kreuzung wegführte.

Jetzt sahen sie ihn. Der Golem kämpfte mit den Kreaturen, wobei er die hohen Häuser zu beiden Seiten in Trümmer riss. Eine Gossenkatze sprang ihn an und kletterte mit ihren Krallen an seinem Bein hinauf. Der Golem packte sie und schmetterte sie zu Boden.

Der Aufprall auf dem Asphalt brachte das Tier förmlich zum Platzen. Nun griff das Insektenwesen an, es schnappte mit seinen Scheren nach den Knien. Der Dämon bückte sich, seine Pranken schlossen sich um die vielen Beine, dann riss er, und grünes Blut spritzte.

Alba, Bohdan und Danija starrten einen Augenblick fassungslos auf die bizarre Szene.

»Was jetzt?«, keuchte Alba.

»Ich bin noch nicht soweit«, murmelte Yasar abwesend.

»Wir umfahren ihn«, schlug Danija vor.

Alba drückte aufs Gaspedal. Instinktiv wich sie scharf einer Gossenkatze aus, ließ den Dodge die Straße hinabsausen, um die nächste Abzweigung nach rechts zu nehmen. Durch die geschlossenen Fenster war nun deutlich Kampfeslärm zu hören, sie näherten sich der Schlacht, die noch immer im Bezirk der Wulda tobte. *Herrgott!*, schoss es Alba durch den Kopf, sie hielten genau darauf zu. Augen zu und Vollgas, sie drückte das Gaspedal bis zum Anschlag durch.

Sie fuhren zu schnell, um die Szene genauer zu erfassen, tatsächlich jedoch jagten sie exakt durch die Front. Eine Kugel schoss quer durch den Dodge. Bohdan beugte sich hastig über den Kopf der Frau auf seinem Schoß, als Glasscherben herabregneten. Von einer anderen Seite loderte ein Flammenstrahl

gegen sie. Für einen Moment lang wurde es unerträg-
lich heiß, dann waren sie hindurch. Die Motorhaube
brannte.

Alba bremste, und schlingernd kamen sie zum Stehen. Im Rückspiegel war der Kampfroboter zu sehen,
der sie mit seinem Flammenwerfer erwischt hatte. Er
wurde von Gewehrsalven eingedeckt, ein weiterer
Kampfroboter lag qualmend auf dem Boden.

»Es ist vollbracht«, seufzte Yasar erschöpft. Mit zitternden Fingern schob er die Patrone zurück in die
Trommel des Revolvers, drückte gegen die Trommel,
bis sie mit einem Klicken einrastete. Er reichte Bohdan die Waffe und sagte mit matter Stimme: »Bring es
zu Ende, mein Sohn.«

Was?, dachte Bohdan, *ausgerechnet ich?* Er war aus-
gelaugt. Er wollte sich nur noch hinlegen und
schlafen, lange schlafen, aufwachen und feststellen,
dass alles nur ein böser Traum gewesen war.

Danija drehte sich zu ihm und legte ihm eine Hand
auf die Schulter. »Ich werde dir helfen«, versprach sie,
und ihr liebevolles Lächeln gab ihm die Kraft, die
Zähne zusammenzubeißen und sich aufzuraffen.

»Macht den Bastard fertig«, stöhnte Nummer Acht.

Mister Hansho beobachtete, wie die Neuankömmlinge, die wie Irre mitten durch das Gefecht gerauscht
waren, aus dem brennenden Wagen stiegen und die

Tür zu einem Haus aufbrachen. Er erkannte Alba von den Fanta. Also handelte es sich aller Wahrscheinlichkeit nach nicht um Feinde. Er sog scharf Luft ein. Sein kleiner Trupp hatte inzwischen eine taktisch vorteilhafte Stellung eingenommen, von der aus sie den zweiten Mech zielsicher unter Beschuss nehmen konnten. Der erste war aufgrund eines glücklichen Querschlägers ausgeschaltet worden. Aber Hansho glaubte, nun die Schwachstelle in der Panzerung ausfindig gemacht zu haben. Sie lag am Rücken, dort, wo sich die stählernen Schulterblätter trafen. Wenn der Torso sich drehte, entstand eine winzige Lücke.

»Bereithalten«, flüsterte er dem Scharfschützen zu, der neben ihm in der Hocke wartete. Er wollte eben das vereinbarte Zeichen geben, dass der Mann, der auf der gegenüberliegenden Straßenseite hinter Mülltonnen in Deckung gegangen war, die Aufmerksamkeit des Mechpiloten auf sich lenkte, als es hinter ihm laut krachte. Hansho ließ sich instinktartig auf den Rücken fallen und hatte schon ein Wurfmesser in der Hand, als er erkannte, was da durch Betonmassen und Stahlträger eines Hauses brach.

Ein riesenhaftes Monstrum, kein Vergleich zu denen, die sie bisher bekämpft hatten. Eine Kreatur aus Stein und Erde, ein Koloss, gegen den jeder Kampf aussichtslos war. Jetzt bemerkten ihn auch die ersten Soldaten. Sie schossen, aber ihre Kugeln waren wirkungslos. *Alles, was atmet, kann man töten*, lautete

Hanshos übliche Devise, aber dieses Wesen konnte man nicht besiegen. Das erkannte der erfahrene Killer auf den ersten Blick.

»Warum nicht du? Weshalb soll ich schießen?«, fragte Bohdan gepresst. Die vielen Stufen, die sie hinaufgestiegen waren, ließen ihn um Atem ringen. Sie standen vor der Fensterfront im obersten Stockwerk des Hauses, in das sie eingebrochen waren. Eine Druckwelle musste das Glas zum Bersten gebracht haben. Kühler Nachtwind blies ihnen ins Gesicht.

»Es ist dein Revolver«, erwiderte Danija. Insgeheim fühlte sie sich einen Moment lang nach Stone Town zurückversetzt. Sie erinnerte sich, wie sie durch eine Ritze in die Scheune gespickt hatte. Neun Finger Jaro hatte Bohdan den Umgang mit Schusswaffen gelehrt. Zumindest war das der Auftrag gewesen, den die Baronesse ihm erteilt hatte. Tatsächlich hatte der Revolverheld Bohdan in einem fort beleidigt, und Bohdan hatte sich reizen lassen, seine Magie einzusetzen, um die Zielscheiben zu treffen. Schon damals hatte Danija gewusst, dass er etwas Besonderes war. Sie lernte viel schneller als er und ihr Blut verlieh ihr Macht, aber Bohdan hatte an diesem Tag in der Scheune einen Zauber gewirkt, den ihm niemand beigebracht hatte. Und – er hatte das Erweckungsritual überlebt. Ein weiterer Beleg dafür, dass etwas in ihm steckte, von dem er vermutlich selbst nichts wusste.

Der Golem stand jetzt genau zwischen den beiden im Kampf befindlichen Parteien, die ihn gemeinsam unter Beschuss nahmen. Der Dämon steckte ungerührt die Kugeln ein und zögerte. Vielleicht schwankte er, welche Streitmacht er zuerst auslöschen sollte. Dann hatte er sich offensichtlich entschieden. Er wandte sich dem Kampfroboter zu, der seine Knöchel mit Flammen eindeckte. Weit holte er mit der rechten Faust aus ...

Danija stellte sich breitbeinig an den Rand des Simses, konzentrierte sich und versetzte dem Dämon einen mentalen Schlag. Es war nicht mehr als ein *Hallo, hier bin ich*, aber der Dämon reagierte sofort. Er riss den Kopf herum, und für einen Augenblick sah er Danija aus rotglühenden, hasserfüllten Augen an. Ein unmenschliches Brüllen brach aus seinem Maul, und Danija, die in das pure Böse gesehen hatte, schwankte. Bohdan packte sie am Arm und zog sie zurück, dabei fiel ihm der Revolver aus der Hand. Er würde es vermasseln, schoss es ihm durch den Kopf. Rasch bückte er sich, seine Hand schloss sich um das kalte Eisen. Als er den Blick wieder hob, nahm der Kopf des Dämons übergroß und hässlich die gesamte Fensterfront ein. Bohdan hob die Hand. Der Revolver fühlte sich so schwer an, sein Arm zitterte heftig.

Plötzlich spürte er Danijas Hand in seinem Nacken, und Stärke flutete in ihn. Sie gab ihm alles, was sie konnte. Ihre eigene Kraft und die des Rings. Sie ließ die Kraft in ihn einströmen und bemerkte, wie sein Arm aufhörte zu zittern.

»Zurück ins Nichts mit dir«, zischte Bohdan und drückte den Abzug. Die Kugel verließ in Zeitlupe die Mündung. Flammen folgten ihr. Trotz der kurzen Distanz musste Bohdan ihre Flugbahn korrigieren, sodass sie genau ins rechte Auge des Dämons traf. Für einen Moment herrschte Stille, nur das Knallen vereinzelter Schüsse drang zu ihnen hinauf.

Die steinernen Brauen des Dämons verzogen sich ungläubig. Dann stieß er ein donnerndes Kreischen aus und riss beide Arme hoch, um in einem letzten Akt der Rache seinen Mörder zu vernichten. Bohdan ließ den Arm mit dem Revolver sinken, mit dem anderen umfasste er liebevoll Danijas Hüfte. Sie erwarteten gemeinsam ihren Tod. Doch der Angriff blieb aus. Die Augen des Golems flackerten ein einziges Mal noch auf, dann erloschen sie, und der Koloss erstarrte mitten in seiner Bewegung. Seine Lebensenergie war gebannt, war vom Sein ins Nichtsein zurückgeführt worden. Übrig war nur eine gewaltige Masse aus Stein und Erde. Eine Statue.

Viktor hatte nahe dem Dodge angehalten. Zusammen mit Zappa hatte er die letzten Ereignisse mit angehaltenem Atem verfolgt. Aber es war keine Zeit für Staunen oder Fragen. Der Golem war erstarrt, aber noch immer herrschte Gefahr. Für den Moment waren die Schüsse verstummt, aber das würde sich rasch ändern, wenn niemand eingriff. Viktor gab sanft Gas und ließ die Limousine langsam auf die Kreuzung rollen. Er schaltete den Motor ab, zog die Handbremse und öffnete die Tür. Zappa blieb sitzen. Er bereitete einen Zauber vor, um Viktor zu schützen, falls es nötig werden sollte.

Viktor schwang sich behend auf das Dach der Limousine. Er richtete sich zu voller Größe auf. Im Verhältnis zu dem erstarrten Koloss wirkte er zwar winzig, aber die bizarre Szene sorgte für eine aberwitzige Theatralik.

»Hört mich an!«, rief Viktor, und die Männer und Frauen beider Seiten reckten ihre Köpfe vorsichtig aus der Deckung.

»Freigesetzte Mutanten verheeren unsere Bezirke, und ein Heer der wilden Stämme wartet nur darauf, bis wir uns hier gegenseitig die Köpfe eingeschlagen haben, um die gesamte Stadt einzunehmen!«

Krishana kam hinter einer Häuserwand hervor. Ihr Kleid war schmutzig und zerrissen, Blut klebte ihr im Gesicht. »Dein Bruder«, sagte sie und zeigte mit dem Finger auf eine verkohlte Leiche, »Marek ist tot.«

Viktor schluckte hart. Er brauchte einen Moment, um diese Neuigkeit zu verdauen. Traurigkeit, Zorn, der Wunsch nach Rache – das waren im Augenblick die falschen Emotionen.

»Ich bin mir sicher, er ist ehrenhaft im Kampf gefallen«, erwiderte Viktor, um lauter fortzufahren: »Wenn wir in dieser Nacht von jetzt an nicht zusammenstehen, werden noch mehr Brüder, Schwestern, Väter und Söhne ihr Leben lassen, viel mehr! Nichts wird von unserer geliebten Stadt übrigbleiben! Wollt ihr das wirklich?!«

Krishana sah in den von Schwaden bedeckten Himmel hinauf, dann schüttelte sie kraftlos den Kopf. »Ransaël«, sagte sie leise, »hätte das nicht zugelassen.«

Nun kam auch Pavel, der Taipan der Wulda, hinter einem umgestürzten Jeep hervor. Eine Kugel hatte sein rechtes Bein getroffen. Hinkend schleppte er sich bis kurz vor die Limousine. Er sah zu dem ausgebrannten Kampfroboter und rieb sich den Mund, ehe er sagte: »Ich habe heute bereits einen Sohn verloren.« Tränen rannen seine Wangen herab. Es fiel ihm sichtlich schwer, aber er fuhr fort: »Nicht die Taboriten trifft die Schuld an seinem Tod. Unser Zerwürfnis hat uns allen Kummer gebracht.«

Krishana trat näher an die Limousine. Die beiden Oberhäupter musterten sich, sahen den Schmerz und die Trauer in der Mine des jeweils anderen.

»Friede?«, bot Krishana mit heiserer Stimme an.

»Friede«, erwiderte der Taipan.

Ismael kam mit einem Gefolge der Tanach hinzu, und mitten auf der Straße wurde ein Kriegsrat abgehalten. Auf Krishanas Vorschlag hin wurde beschlossen zu versuchen, das Heer der wilden Stämme in den mit Minen und Sprengfallen versehenen Bezirk der Taboriten zu locken. Bis die Stammeskrieger ihren Fehler bemerkt hätten, würde es zu spät sein, von drei Seiten würde man sie in die Zange nehmen. Waren sie aufgerieben, würden Säuberungstrupps gebildet werden, um die Stadt von den Mutanten zu befreien.

Alba erklärte Danija, sie wolle sich Viktor und Zappa anschließen. Sie wollten gemeinsam mit den überlebenden Fanta-Soldaten den Lockvogel spielen. Danija nickte schwach. In ihrer momentanen Verfassung würde sie keine Hilfe darstellen. Die Kraft den Ringes und ihre eigene waren zum größten Teil aufgebraucht worden, als sie Bohdan gestärkt hatte. Außerdem hatte sie noch eine andere Aufgabe zu erfüllen, eine, die ihr schwerfallen würde.

Die Truppen zogen ab, und bald standen Bohdan und Danija allein auf der Kreuzung, an der so viel Blut vergossen worden war und über welcher der erstarrte Golem aufragte.

»Komm«, sagte Danija knapp, fasste Bohdan an der Hand, und sie gingen Seite an Seite zu dem Dodge. Das Feuer auf der Motorhaube war mittlerweile erloschen.

Karel Kovar blickte auf die Trümmer seines Hauptquartiers und die Schneise der Verwüstung, die der

Golem hinterlassen hatte. Seine Mundwinkel zuckten. Ein Kundschafter hatte ihn über die jüngsten Ereignisse aufgeklärt. Die anderen Häuser hatten sich also verbündet, um gemeinsam gegen die Bedrohungen einzustehen. Es war gut so, er hätte es nicht anders getan. Kurz hatte er mit dem Gedanken gespielt, die wenigen entbehrlichen Männer abzuziehen, um das neue Bündnis der Häuser zu unterstützen. Aber es wäre eine sinnlose Geste gewesen. Es war schließlich nicht zu übersehen, woher der Golem gekommen war. Der Hohe Rat würde ihn absetzen. Er hatte alles verloren.

Es blieb nur zu hoffen, dass es seinem Nachfolger gelang, das Haus Nepomuk über die folgenden Jahre hinweg zu rehabilitieren. Wer würde es sein? General Horak war bei dem kurzen Gefecht gegen den Golem gefallen, Nathan und Malechin waren bei dem missglückten Ritual ums Leben gekommen. Ilja vielleicht? Aber nur, wenn er sich geschickt hinauswandt und alle Verantwortung auf ihn abwälzte. Sollte er nur. Es spielte keine Rolle mehr. Nichts spielte mehr eine Rolle. Karel Kovar hob stolz das Kinn und machte ohne das kleinste Zögern einen Schritt nach vorne. Sein Oberkörper kippte, und er stürzte hinab in die Tiefe.

***

Es tat gut, das Lenkrad des Dodge wieder in Händen zu halten. Ohne über ein präzises Ziel nachzudenken, folgte Bohdan der Verwüstung, die der Golem hinterlassen hatte. Auf jeden Fall würden sie in dieser Richtung nicht versehentlich den Stämmen in die Arme laufen, die von Osten her in die Stadt eingefallen waren. Bohdan fuhr nicht schnell. Er wollte erst wieder ein Gefühl für den Wagen gewinnen, außerdem waren die Straßen voll von Trümmerteilen, und es trieben sich immer noch Mutanten und Nagai-nai herum, wenn auch nur noch vereinzelt und nicht mehr in Schwärmen.

»Mein Angebot steht«, sagte Danija, den Blick auf die Straße geheftet. »Du kannst dich den Fanta anschließen. Nach dem, was du heute Nacht vollbracht hast, wird Viktor dich nicht nur mit offenen Armen empfangen, er wird dir einen hohen Posten anbieten. Wahrscheinlich wirst du sogar über mir stehen«, fügte sie lächelnd hinzu, aber ihre Stimme verriet, dass das Angebot einen Haken hatte.

»Wo liegt das Problem?«, fragte Bohdan, während er langsam einen Schutthaufen umfuhr. Er war zu müde für Spielchen.

»Es gibt kein Problem«, versicherte Danija, »nur eine Sache, die getan werden muss.«

Bohdan seufzte. »Lass uns zuerst Hilfe für sie suchen.« Er deutete mit dem Daumen Richtung Rückbank, auf der die verletzte Frau lag. Sie hatte schon eine Weile nicht mehr gesprochen, weshalb Bohdan davon ausging, dass sie die Besinnung verloren hatte.

»Eben von ihr habe ich gesprochen«, sagte Danija zögerlich. »Weißt du, wer sie ist?«

Bohdan grinste. »Sie hat gemeint, sie sei der Schwarze Reiter.« Er sah zu Danija hinüber. Sie erwiderte sein Grinsen nicht. Ihre Mine war ernst und wirkte angespannt.

Danija biss sich auf die Lippen. »Achte auf die Straße«, mahnte sie, und Bohdan drückte das Gaspedal ein wenig mehr durch, als er die Gossenkatze registrierte, die sich in den Schatten rechts von ihnen anschleichen wollte.

»Sie *ist* der Schwarze Reiter«, stellte Danija fest.

»Und?«, zuckte Bohdan mit den Achseln.

»Sie ist ein Feind der Shedai-nai. Sie wollen ihren Kopf, um jeden Preis. Und die Shedai-nai bekommen immer, was sie wollen.«

Nun machte Danijas Tonfall Bohdan Angst. Es schwang etwas mit, das er nicht greifen konnte, von dem er allerdings ahnte, dass es von Anfang an zwischen ihnen gestanden hatte.

»Ich habe Nifrazsin getötet«, meldete sich die verletzte Frau von der Rückbank zu Wort. Sie war also doch bei Besinnung.

»Und was macht das für einen Unterschied?«, fauchte Danija. »Das macht es nur noch schlimmer!

Im besten Fall werden sie einen neuen Unterhändler schicken, im schlimmsten …«

Danija brach ab und wandte sich an Bohdan. Ihr Gesicht nahm nun einen flehenden Ausdruck an, als sie sagte: »Wir haben keine andere Wahl. Wir müssen sie ausliefern. Vertrau mir.«

Bohdan spürte, wie ihm der Schweiß ausbrach. Er hörte sich die Frage formulieren: »Danija, woher weißt du so viel über die Shedai-nai?«

Ein heiseres Lachen ertönte von der Rückbank. »Hast du es noch nicht begriffen?«, schnaubte Nummer Acht. »Sie ist eine von ihnen.«

Bohdan hielt die Luft an und fragte leise: »Ist das wahr?«

Danija sah ihn mit dieser tiefen Traurigkeit an, die er schon so oft an ihr bemerkt hatte. Ihre Schultern sackten ein, und mit einem Mal wirkte sie sehr klein und verletzlich. »Ich bin ein Halbblut«, gab sie leise zu.

»Ich verstehe«, sagte Bohdan, aber in Wirklichkeit verstand er überhaupt nichts mehr. War das denn so furchtbar? Ihre Forderung an ihn war es definitiv. Er liebte Danija, und er wollt mit ihr zusammen sein, aber sie konnte nicht von ihm verlangen, dass er die Frau, die ihn gerettet hatte, den Wölfen zum Fraß vorwarf. Das wollte und konnte er nicht zulassen, und genau das sagte er ihr auch.

»Dann«, erwiderte Danija mit belegter Stimme, »trennen sich unsere Wege wieder einmal.«

Bohdan schluckte schwer und rang sich zu einem steifen Nicken durch.

Zumindest war damit das Ziel dieser Fahrt klar.

Die lange, zu beiden Seiten von Statuen flankierte Brücke lag im Rot der Morgendämmerung. Eine Einheit von Männern in Kampfmontur war damit beschäftigt, die leblosen Körper der Schreckenskreaturen über das Geländer zu hieven. Plumpsend fielen die grässlichen Kadaver in den Fluss.

Die Nepomuk hatten sie passieren lassen, als Danija sich knapp vorgestellt und behauptet hatte, sie verlange im Namen des neuen Bündnisses freies Geleit. Die Nachricht von dem Sieg über die Stämme hatte sich rasch verbreitet, und die führerlosen Nepomuk wussten, dass sie ihre altgedienten Privilegien vorerst eingebüßt hatten.

Bohdan blickte zurück zur Stadt. Im Süden wurde noch gekämpft, aber das waren nur die letzten Scharmützel. Vermutlich wurden versprengte Stammeskrieger aufgerieben und die letzten streunenden Mutanten zur Strecke gebracht. Die Nacht des Schreckens war zu Ende, ebenso wie Bohdans Zeit in Prak City.

Er war Danija dankbar für ihr Abschiedsgeschenk. Sie würde ihnen einen Tag Vorsprung geben, ehe sie Viktor Bericht erstattete. Bohdan schlang die Arme um sie und wollte sie küssen, aber sie drehte den Kopf zur Seite.

»Wir werden uns wiedersehen«, sagte er, doch seiner kraftlosen Stimme fehlte die Überzeugung.

Sie sah ihm in die Augen und holte tief Luft. »Pass auf dich auf, Boh, Dämonentöter.« Damit löste sie sich von ihm und ging in Richtung des halb eingestürzten Klementinums über die Brücke davon. Bohdan sah ihr lange nach. Sie drehte sich nicht um.

Er stieg in den Dodge und zog die Tür zu. »Wohin jetzt?«, fragte er müde und mit belegter Stimme.

»Nach Westen«, stöhnte Nummer Acht, »immer nach Westen.«

Sie würden sie jagen, und Bohdan hatte das aufgegeben, was ihm am teuersten war. Es war ihm nur ein schwacher Trost, dass er sich selbst treu geblieben war.

Er drehte den Schlüssel im Zündschloss und gab Gas. Wer wusste schon, was die Zukunft für einen bereit hielt. Jetzt ging es zunächst einmal gen Westen.

PHILIPP M. PFEILSCHMIDT

DAS REICH DES
JOHANNES

BUCH 1 - PELA DIR

FANTASTISCHER ROMAN

FERGE

Ban Rotha – das Land der Fischer – ist in Gefahr. Ein gigantisches Heer von Nordländern sammelt sich unter dem Banner einer rachsüchtigen Magierin.

Ihre ehemaligen Schwestern, die Herrinnen Ban Rothas, rufen in ihrer Not Helden aus den unterschiedlichsten Zeiten und Kulturkreisen zu Hilfe. Elf Männern, die bereit sind als Champions für sie einzutreten, gelingt es, ihrem Ruf zu folgen. Einer ist Cuchulainn, ein mächtiger Kriegsherr aus dem mystischen Eire, ein anderer Johannes, ein beinahe gewöhnlicher Mann des 21. Jahrhunderts. Zwei Helden, die unterschiedlicher nicht sein könnten.Um die Streitkräfte des Südens erfolgreich in die Schlacht zu führen, müssen sie und die anderen Champions trotz aller Gegensätzlichkeiten ihre Differenzen überwinden.

Der Zauberer Thoran, der letzte seiner Zunft, weiß, dass dabei nicht nur die Zukunft Ban Rothas auf dem Spiel steht, sondern das Schicksal aller Welten. Die Invasion muss um jeden Preis abgewehrt werden, aber die Hexenkönigin hat ebenfalls einen Champion an ihre Seite befohlen: Ein Wesen aus dem Totenreich, ein Gestalt gewordener Alptraum, ein scheinbar unbezwingbarer Feind …

PHILIPP SCHMIDT
FLUCHT AUS DER
UNTERWELT
FANTASTISCHER ROMAN
FERGE

Eine Welt, wie du sie noch nie gesehen hast. Die Menschen, von ihren Beherrschern *Nutu* genannt, fristen ihr Dasein in Trichtern unter der Erdoberfläche. Smash sorgt als Sheriff für Recht und Ordnung bis er einer Flüchtenden gegen das Gesetz der Tyrannen Unterschlupf gewährt. Es kommt zum Kampf, und das Schicksal nimmt seinen Lauf.

Tief unter den Städten der Menschen hausen die Untis. Yeda Nagafina, eine geachtete Kriegsherrin, kehrt siegreich von einem Feldzug gegen einen befeindeten Klan zurück. Doch die Rückkehr hält unangenehme Überraschungen für sie bereit, sie kommt einer Intrige auf die Spur, und bald muss auch sie wieder zur Waffe greifen.

Eine fantastische Geschichte über Liebe und Verrat, blutige Kämpfe und den Ruf der Freiheit.